窗外有棵相思

逯耀東 著

東大圖書公司

序：過客情懷

去年，一九九七的春節，在香港過的。前後在香港過了不少的年，數這次最冷清孤寂。吃罷年夜飯，妻在收拾桌子，我說出去走走，就拎著傘出門了。

這次來港，借棲新亞書院會友樓的客舍。新亞書院在沙田馬料水的山上，會友樓在新亞書院的最高處，面向吐露港。吐露港是個寧靜的內海灣，即有風雨，也興不起多大的波濤，清晨初昇的旭日，將海面點染成一汪金黃，入夜綠熒熒的漁火，伴著一天的繁星。這景色我是熟悉的，我就在山下傍海的宿舍，居停過五六年。客舍一房一廳，整理得窗明几淨，廚灶俱全，非常方便。客舍原為過往著名學人準備的，如今天寒地凍，著名學者很少出外行走。我是新亞的舊人，剩這個空檔，租了一個月，準備在此過寒假。

對於新亞書院，我有難以割捨的情份，前後在香港二十年，先是在新亞研究所過了五年青燈黃卷的日子，後來又在新亞書院教了十五年的書。雖然前後兩次來港，都有些偶然，卻皆緣錢賓四先生在顛沛流離中創辦的新亞書院。

當年錄取新亞研究所，在臺灣幾經波折，最後終得成行。記得我當初搭四川輪去香港，一覺醒來，艙中悶熱難耐，於是爬上甲板透口氣。船正航行在黎明前的海峽中，一陣海風吹來，有點腥有點鹹、更有幾許的冷洌。突然聽到一位旅客的手提收音機，傳出甘迺迪被刺的消息。於是在甲板散步的旅客都圍了過來，默默聽完消息又默默散去。我默默走到船舷邊眺望著海洋，遠天已泛起魚肚白，黑色的海洋裡湧起叢叢白色的浪花。我茫然四顧，四顧茫然。

上岸後買了剛出版的《時代週刊》，其中一則消息：當甘迺迪遇刺的消息，傳到不聞兵革之事久矣的瑞士，日內瓦一老嫗聞訊，當街號啕大哭，喊道：「這是個啥年頭?!」這是個啥年頭？是我過去從沒有想過的問題。當年倉皇渡臺，漸漸安定下來，有一個喘息的機會，生活雖清苦，日子過得倒平淡。而且生活的目標與目的，上面已交代得非常明白與堅決，我們祇要像磨道裡的驢，默默行走就行了。但到了香港，才發現同樣蔚藍的天空裡，還飄揚著另一面旗幟，而且不時也聽到另一種喊萬歲的聲音。因此，就不得不想想這是個啥年頭了。

是的，我們生活在一個似是平靜，卻是個動盪的年頭。不過，後來發現香港對這種動盪，卻以另一種形式表現。兩岸高樓上巨幅廣告霓虹燈的光芒，倒映在海峽起伏的波濤裡，將這海峽點綴得多彩多姿。各種不同顏色的光芒，從海峽兩岸不同角落照射過來，起初落在海水擊拍的岸邊，色彩是非常鮮明的。然後，沉浮在波濤裡，匯集成不同色彩的光柱，從不同的兩岸向海峽深處延伸，色彩也隨著轉弱。最後，在海峽中間難以渡越的黑暗處，摻雜在一起，使人再難辨識是什麼顏色。祇有往來海峽兩岸的渡輪，載著一個浮動的光圈，在那裡緩緩移動著。

也許這就是當年我認識的香港，是歷史也是現實的。因為不東不西，既東又西的香港，沒有自己獨特的文化，卻一直扮演著文化驛站的角色。每逢中國大陸動盪之際，就有一批知識分子北雁南飛，來此暫避風雨。但等不及風雨停歇，就準備展翼歸巢了，再不回首。他們走了，了無紅豆南國的相思與依戀，因為他們祇是過客。但這種情形在一九四九年以後完全不同了。中國大陸發生翻天覆地的改變，斬斷了南來知識分子的歸途，使他們有家難奔，有國難投，因而興起花果飄零的嘆喟。花果飄零，悲愴又淒涼。如今歸程既斷，歸期更難卜，何妨蓬萊小住，於是又有了落地生根的吶喊。不過，落地生根，祇是苟全於亂世而已，也是非常無奈的。我就是在當口來香港的。

最初到香港，也無法確定自己是過客還是異鄉人。過客和異鄉人是不同的，過客祇是在此暫歇腳，然後還有茫茫的天涯路。異鄉人祇有飄泊，似池中無根浮萍的飄泊。最初幾年的生活，確有幾分異鄉人飄泊的蕭瑟。因為人地生疏無處去，也無處可去。祇有日夜窩在研究室，當時的研究室在大廈的五樓，我成為五樓孤獨的守護者。常常在黃昏時分，兀坐街旁的椅子上，低頭點數著路人匆忙歸家的腳步，任暮色在身旁升起。即使在除夕的夜裡，聽著滿城的爆竹，孤燈獨坐，翻書到天明，真的是「今夜不眠非守歲，祇恐有夢到鄉關」了。

離開後十一年後，從無謂的喧囂中拔出泥足，那幾年自己似乎已陷身江湖，四下奔波、風塵僕僕、美其名曰天下己任。但這句話不知迷惑了古今多少書生，祇為了那個鏡花水月的浮名，逗得多少人在那裡喋喋不休，累得多少人盡折腰。當時，我自己也迷失其中。不過，我還想再尋回失去的寧靜，於是便去請教我的業師沈剛伯先生。雖然當時剛伯先生談的是現代的世變，但彷彿澗水流過山間，將我帶進另一個寧靜的境界。望著他聳立的白髮，和深度鏡片後的恬靜眼神。突然，我想起他常說的「量才適性」來。他坐在那裡像座靜穆的山，看著他，我有難言的激動。最後終於吶吶說出，我想離開。他聽了，望著自己手中的酒杯想了一陣，然後，淡淡說了句：「也好。」於是，我再去香江。

香港，石林矗立，紅塵滾滾，真不該是個為往聖繼絕學的地方。不過這次重臨，為的是寄跡於市井之中，自逐於紛紜之外，原不為讀書。記得多年前寫過一篇〈何處是桃源〉，那是因為陳寅恪先生的〈「桃花記」旁證〉，將陶淵明的桃花源固定在弘農或上洛間，我的老師勞榦先生曾去過那裡，認為那裡一片黃土，既無桃花，更無幽竹可看，很想往南移一移。有事弟子服其勞，於是我經過考證，將武陵人居住的桃花源，南移到當時的淮泗邊荒地帶。那裡不僅有桃花幽竹可看，而且居住在邊荒的荒人，不屬於南北政權，是可以不知有漢，遑論魏晉的。

不過，我在這篇文章最後卻說，我們似乎不該將桃花源固定在某一個地方。這樣可以留給生活在亂世，又無山林可遁的人，一個遙望青山，仰觀白雲遐思的機會。是的，中國知識分子胸中，都隱藏著一個桃花源，自有青山白雲，何必又另覓山林呢。衹是沒有及早發現，才落得熙熙攘攘，惶惶慌慌。也許陳寅恪先生就沒有參透，才愁苦終生。再來香江，我的研究室在山上，窗外就是吐露港，有青山有綠水，在晴朗的日子裡，藍天浮著幾堆白雲，的確是一個可使人進入漁樵閒話的地方。衹是上次離開香江時，中國大陸一場歷史風暴將起，山雨欲來風滿樓，這次重臨，風雨乍歇。山腳下濱海的地方有條鐵路，隔不多久，就有列火車駛過。往來的火車載來許多過去想知卻無法知道的訊息。我所關心的還是中國讀書人的訊息，因為中國讀書人除了歡喜多說自以為是的話外，實在犯不了什麼大過。他們不該受這麼大的折磨、污辱和損害的。但事實他們不僅遭受了，而且是史無前例的。

聽罷他們的吶喊和呻吟，我按捺不住又重入江湖，創辦了名曰《中國人》的雜誌。寫了〈中國，中國人的中國！〉的發刊詞，其中有「一個今天的中國人，即使是一個最普通的中國人，雖然微不足道，但卻都是由數千年文化孕育而成，不是任何外在力量所能改變的。因此，個人的尊嚴，自由的生活方式，獨立的思考與判斷，是我們最基本的權利，是不容被忽視，被剝奪的」。徐復觀先生特別歡喜，認為落地有聲，一再囑咐，將來結集時，一定收入。不過，這個雜誌我衹編了十期，就和那個不爭氣的合夥人，翻了。於是，我拂袖，再也不管他的閒事了。

是的，再也不管他的閒事了，此後了無牽掛，倒落得個清閒。閒來無事，常兩肩擔一口，港九通街走，漸漸地了解這個城市，並且歡喜上這個城市。走在繁華熱鬧的街上，擠在匆忙的人群裡漫步，沒有人問我來自何方，姓氏名誰，我是這個城市熟悉的陌生人，一個真正快樂的過客。回得家來將門關起，擁有自己獨立的天地，四壁雜書殘卷環繞、上下古今馳騁，窗外青山隱隱、碧波粼粼，我心中隱藏的那個桃花源也浮現了。所以，我有很多獨自思考與反省的時間，並且也獲得某些自我的肯定，成了個真正散旦的人，悠閒自在。最後，我還是回來了。因為這裡是我的故園。但我已習得風雨裡的沉靜，不再在意風雨的喧嘩，任其一夜空階滴到明。的確，這個城市使我真正體驗了喧囂裡的寧靜。所以，每年總抽空來此，住上幾天，無他，閒散而已。

我拎傘出門，門外大雨滂沱。我撐傘在雨中行走，路旁的幾盞霧燈，被緊密的雨絲纏繞著，衹剩圈圈的暈黃。隔著雨簾下望，山腳下是我居停多年的宿舍。佇立在朦朧的雨霧裡，隱隱透著幾窗燈火，也許那燈火正在點燃團圓的歡樂。

宿舍大廈的下面是條深圳來的鐵路，有輛載著沉重鄉心的火車，急駛而過。鐵路外是環繞海灣的高速公路，往日車輛在那排連綿的路燈下，匆忙地穿梭往來。現在冷清了，衹留下一串微弱的黃色路燈光芒，明滅在雨霧裡，伴著偶爾傳來聲歸家的急促剎車聲響。公路外的海上更是蒼蒼茫茫，這景色原來都是熟悉的，如今在雨中卻變得模糊不清了。

轉過灣，就是我過去的研究室了。研究室在二樓，我曾在這研究室的窗前，兀坐多年，已看慣窗外的綠水青山，陰晴圓缺。看著窗前那棵相思樹的細苗，漸漸長成一窗濃蔭。於是，我走了過去撫摸沉默的樹幹，雨注順著樹幹淌下，落在我的手上涼涼的。最後，我走到新亞廣場，停在廣場中央，山風攜著驟雨四下聚來，我獨自站在除夕的風雨中，突然想起一位朋友的詩句，我是過客，不是歸人。

九八、五四前一日序於臺北糊塗齋

窗外有棵相思

目次

第二輯　梧桐雨

目　次

第四輯 過客

第一輯

這一池寧靜

維多利亞海峽的燈影

不知什麼時候開始，每次坐渡輪經維多利亞海峽，往來港九，尤其在夜裡，我總歡喜坐在前艙，觀看迎面而來的萬窗燈火。

在這擁擠的島上，到處擁擠著聳立入雲的高樓大廈，每一座高樓又積壓著層層疊疊的窗子。這些窗子在白天，像無數隻冷漠又絕望的眼睛，翻向眼前一絲窄小的藍天，盼望霎那即逝的陽光。但在夜裡，每一扇窗都燃著燈火，在萬千盞燈火點綴裡，使這個冷漠的島，突然充滿生機，又活躍起來，溫暖起來。

那一年，該是十年前了。為了趕寫些東西，我又一次來到這裡。過去，我曾經在這裡飄流過一段不算短的日子。於是，在燈火集中的地區，一座大廈的高層，找了一間屋子安頓下來。這是半島最繁華的地方，人車喧雜，尤其白天，地基打樁的震撼，電鑽穿裂柏油路的尖嘶，凝凍在混濁的空氣裡中，使人窒息，無法著筆寫下一個字。祇好將工作的時間改在夜裡，從傍晚華燈初上時分開始，一直起到第二日破曉，然後和衣蒙被而臥，這樣連續工作了三個月，才把事情告一個段落。我有很多的時間觀看這島上的夜。

我租的屋子不備書桌，祇好利用前客留下的一張梳粧檯工作。梳粧檯靠牆擺著。梳粧檯的那面大鏡子，剛好對著我身後的窗子。兩扇窗子向外對開，樓外的夜都反映在窗子的玻璃上，然後投射到那面大鏡子裡。內容複雜，色彩繽紛的燈影，入夜以後，在鏡子裡跳躍而出。有無上裝的酒吧，有別墅的旅館，有通宵營業的夜總會，有宵夜的酒家……窗外一角，有一塊樓與樓相間留下的空隙，襯托著被對岸燈火燃燒的天空，在鏡子的一方擴散開來。鏡子正中還有一個于思滿腮，頭上幾莖聳立的白髮，雙目失神，茫然無適，十分醜陋的我。這許多不同的色彩，雜亂的線條，被鑲在鏡子四周雕花的木框裡，構成了一幅頗具動感的「現代都市之夜的無眠者」。

有時我也會從那畫中踱出，跨過散置滿地的書籍和資料，憑窗下望，夜已深沉，也許祇有這個時刻，這個都市才有片刻假寐的寧靜。廣告的霓虹燈已熄了，剩下的幾盞無力地閃爍著，燈下有個頭上纏著白布的印度看更人，歪倚著牆打盹，有時他的故園夢，會被從酒吧裡帶著恩客出來的酒女吵醒，然後茫然地看著他們相擁嬉笑而去。偶爾有輛亮著燈的「的士」疾駛而過，車後有架收集垃圾的三輪車，慢慢向前踩踏著。萬窗燈火已熄，餘下的祇是幾扇窗帷裡洩出的燈光。是的，這個都市已經睡了，但卻入夢不深，突然會被一陣急喘的救火車的警笛擾亂，在漸漸遠去的救火車警笛聲中，還隱隱伴著幾聲夜遊人醉後的高歌……

那救火車的警笛的確是非常擾人的。有天黃昏，我晝臥初醒，被接連不斷的救火車警笛鬧得無法安枕。於是，揭被而起，走到窗前，看到對街人頭蠕動，並向我住的這幢大廈指指點點，我更朝下望，一股濃煙正從大廈的底層滾滾湧出。我轉身將檯上寫成的一疊稿子挾在腋下，又順手從地上書堆中，揀出幾本必要的參考書，準備奪門而出，但走到門口又折了回來，心想自己住在高層，底樓失火，要燒到這裡，還得一會工夫，我不如倚窗靜觀其變。

這場火，的確使下面慌亂了一陣，隨著一陣轟然的爆炸，嗆人的濃煙裡吐出了火舌。火舌在煙霧裡伸捲著，直向二樓三樓吐去。十多架高聳的救火雲梯上，有些救火員爬行著，他們夾著龍頭，巨大的水柱由上而下地壓灌下去，我憑窗而望，狀至悠閒。最後，大火終於熄了，夜在殘煙餘屑裡擴散開來，慢慢地將我也網在裡面了。那一夜，我居住的這座大廈，被宣佈為不可居住的危樓。我和樓裡少數沒有離去的老弱，在警察的電筒照射下，互相攙扶著步下黑暗的安全梯。落地後四下分散，投奔他們的親友去了，祇剩下我站在行人往來的街邊。我轉過頭去仰望自己寄居的大廈，黑暗的大廈聳立在輝煌的燈海裡，是那麼冷漠，難以親近。這裡原來不是我的家，而今夜竟連宿處都沒有了。

最後，我踱到碼頭，坐在岸邊的椅子上，懷裡抱著一疊尚未完成的初稿，手裡握著一個冰冷的麵包，垂著頭慢慢地啃著，一任趕渡輪的匆忙腳步，在我身邊擦過。現在，我真的是一個異鄉人，一個飄泊在異鄉的異鄉人了。扭過頭去，碼頭旁火車站的鐘樓，剛移過十點。這正是海峽兩岸熱鬧的時刻，許多的歡笑，各種車船的笛鳴，都跌落在我四周。突然，一種四顧茫然的孤寂，從四面八方襲來，緊緊地裹住了我。就像幾年前，我第一次乘船，渡過另一個海峽到這裡來。夜裡我爬上甲板，手扶著船舷四顧，海是黑的，天是黑的，除了海上幾堆破碎的浪花，我被無垠的黑暗環繞著，一陣寒冽的海風撲面而來，一種前所未有的孤獨和落寞，自我心底翻湧出來……於是，這個原來還算熟稔的地方，現在也變得陌生了。

現在，我再凝視這個海峽，雖然，我曾多次夜裡在這海峽穿梭往來，卻從來也沒有像這次那麼仔細端詳。我發現這海峽也像我最初經過的那海峽一樣冷漠。但海峽被兩岸的燈火燃燒著，尤其兩岸高樓上巨幅廣告霓虹燈的光芒，倒映在海峽起伏的波濤裡，將這海峽點綴得更多彩多姿，很難再看清它本來的面貌。各種不同顏色的光芒，從海峽兩岸不同的角落照射過來，起初映在海水擊拍的岸邊，色彩鮮明，光明一片，然後，在波濤裡浮沉，匯聚成色彩不同的光柱，從不同的兩岸向海峽深處延伸，色彩也隨著漸漸轉弱了，最後在海峽中間那難以渡越的黑暗處，摻雜在一起，使人很難分辨得出那是什麼顏色了。衹有往來海峽兩岸的渡輪，載著一隻浮動的光圈，在那裡緩緩移動著。也許這就是海峽的真面貌了。但我卻很難分辨那是屬於歷史的，還是屬於現實的。

這一夜，我默默坐在那裡，像一個誤了宿頭的過客，蜷縮在異鄉的屋簷下，緊擁著滿懷的春寒，靜觀著對岸萬窗燈火盞盞熄去，海峽也隨著暗黯了，衹有半山一串昏黃的路燈，在一層輕紗的薄霧裡明滅著。

以後的一段日子，寄宿的大廈真的變成了危樓，無水無電，我必須依賴燭火維持工作。我的工作是尋找過去。現在真的又回到過去了。窗外不同顏色的燈影，依舊反映在我面前的鏡子裡，檯上的幾支燭火不停地躍動著，燭淚隨著躍動的燭火淌下來，點點滴滴的在檯子上凝住了。最後，工作完成了，在後記有段這樣寫著：「斗室一燭熒熒，與窗外五彩繽紛霓虹燈相映；觀案上積稿盈尺，寫的竟是魏晉衰世，撫昔思今，感慨世事如棋，不覺百端交集，泫然欲涕……」

如今，我又來到這裡，維多利亞海峽的燈影依然，但那燈影到底是屬於歷史的，還是屬於現實的呢？如果屬於現實的，必將隨著時間的翻騰，向下沉澱，如果屬於歷史的，不論它如何顛倒，將來有一天，卻會在我們筆下湧現。兀坐激盪與迴流的邊緣，我是沉默的觀察者。

月到中秋

來此間歇繫留幾年，似乎每年都遇上中秋當頭月。雖然每天都說，身困水泥森林之中，人似坐井，又眾窗睽睽，哪裡還有賞月心情。可是，每次飯罷，都躺在客廳沙發上，待月亮臨窗一瞥。

但當月亮躍過對面大廈屋頂，跨步到我窗外的空庭時，都是午夜過後了。月光自簷外一角跌下來，悄悄落在我身上。我舉頭望去，四周的窗燈已熄，被大廈灰色陰影鑲住的那幅天空，顯得格外黑沉，月亮就貼在這幅黑紙上，我從來沒有見過那麼單調的月色，那麼傻的月亮。

不過，這裡原先也有很美月色的。二十年前，我初次到這裡來唸書，宿舍就被安排在山

9

月到中秋

下馬路旁的一座大廈中。每天都要經過我現在寄居的山頂，然後下山走一段小徑，再翻一個小丘，到學校研究室去。那時這座山還有個墳場，很荒涼。我記得在另一個小丘的山坡，是個球場，球場旁有兩棵曲折有致的松樹。松下有兩張供人歇息的長椅子。每晚從研究室回來，都夜靜更深了。走到這裡，尤其是冬天的明月夜，總會在松下坐一會。月光從松枝中照瀉下來，撒得我銀針滿懷。松蔭外的天空那麼高，晶似墨玉，偶爾有幾絮浮雲飄過，遮掩了月亮，一陣風來，月亮自雲隙裡重現，月色更瑩瑩清輝了。風來風去，扯皺了我滿身松影，也彈響了沙沙的松韻，和著草叢中唧唧的寒蟲，鳴奏起來。這時，山下燈火漸寂，祇餘街燈明滅，伴著天邊月，似寒星閃爍。月光也落在對山墳場上，我隱約地看見幾座聳立在雜草間的墓碑，被月光洗刷得更蒼白穆穆了。

沒有想到在這紅塵十丈的翻騰中，竟有如此淒清的月夜，卻被我這異鄉人獨擁了。雖說，一樣月光千種情懷，萬首詩。古往今來多少詩人，或獨佇樓頭眺月，或泉邊撫樽邀月，舉頭浩嘆，低首沉吟，當可誦出千古絕唱。惜自己不是詩人，面對此景此情，竟兀然默坐。也許久經離亂，心底載著太濃的滄桑，不自覺地沉入歷史閒愁了，更回首，不覺四下已茫然似霧了。

如今，我又回到往日的舊遊地，那山坡的球場和松樹都沒有了。兩山間高架縱橫，尤其在落雨的晚上，急駛的車輛，滾過濕滑的路面，似海濤拍岸，擾人清思。現在山上山下疊疊層層的大廈似鴿籠。真的，我窗外時有白鴿飛來，棲息簷邊，悽惶地咕咕低訴，人們已佔盡了牠們的窩，牠們真的已不知白雲鄉關何處是了。如果我沒有記錯的話，我現在寄居的大廈，就築在過去的那個墳場上，我見過這裡建築地基打樁的情形，笨重的水泥柱子被蒸氣機壓砸著，深深地植入地層下，那麼，原先靜靜躺在墓碑下長眠的人，又被擠到那裡去了？

才不過二十年的光景，連景物都全變了，還能再說什麼人事呢？剩下的，祇有自己的感慨了。沒有想到經過二十年的跋涉，轉來轉去，卻又回到自己最初起步的地方。又在尋覓些什麼，或又為了肯定些什麼呢？這的確是很難回答的。每次我穿過山下的那條馬路，看到我原先住過的那幢大廈，還孑然獨存於新起的華廈間，心裡就有點滄桑的感覺。雖然那大廈的樣子一點沒變，祇是在旁邊的那座教堂拆除後，卻變得更蒼老了，牆外有風雨留下的斑疤，窗欄的油漆也脫落了。

望著這失去往日光彩的大廈，就不由想起當年那個印度的老看更人來。他頭上纏著沉重的白布，白布下是那張歷經風霜的臉，皺紋重疊，被一圈灰白的絡腮鬍子環繞著。他平常的工作祇是開門關門，他常常手扶著大門的鐵欄朝望，眼睛看著簷下的行人，和街上往來的車輛，但那乾枯的眼球卻彷彿又轉向遙遠的地方，我看著他那落寞的神情，就會想起母親墓旁那棵孤獨的樹。在那段日子我常想起母親，因為來這裡的時候，母親過世還不滿七期，她墓上的泥土還沒有乾。我曾在那塊泥土上生活了很長很長，比我故鄉金色的童年還長的歲月，怎能不想念。那印度老看更人很少說話，祇是在深夜為我啟門時，很單調地說一句「真熱呵」，「好冷呀」，或者「又下雨了」。是的，他祇是在那裡默默守候著。後來我漸漸了解，守候也是人生歷程的一種，因為那必須忍耐著無盡的孤獨和寂寞的。不過，那卻是最難了解的一種，有時我們不自覺地在其中成長和度過，等再回顧時，已是兩鬢飄霜了。原來生存和生活對我們來說，都是同等艱難的，祇是我們自己了解不多。

突然，一陣孩子的歡笑聲，從窗外傳來，於是站起身來，臨窗下望，發現鄰座大廈旁的小公園裡，燈火燦然，許多人影在燈火中擠來擠去。才想起這裡的中秋，又是燈節。自從年節禁止燃放爆竹後，節日的氣氛和歡欣，也就淡了。逢年過節成群結隊到外地遊埠，離自己生活的根越來越遠了。祇有中秋孩子們提燈的習俗還留著，早幾天大街小巷的雜貨店的門口，懸掛著各式各樣的燈籠，孩子們拉著大人的衣襟，在燈籠下仰著小臉，指指點點歡笑著。

於是，我著衣穿鞋，下得樓來，這小公園不大，祇有百十坪，被幾棵未砍去的榕樹覆蓋著，該是我們這個山頭上，僅存的一片綠意了。小公園地上鋪著水泥，不過卻留著幾塊小草坪，和一個孩子們嬉戲的沙坑。平常的早晨，即使在斜風細雨裡，也會有些鄰近的老人，蹣蹓地走到那裡去活動筋骨，還有些蹓狗人，手裡握著準備狗方便用的舊報紙，睡眼惺忪地被狗拖著走。每次我看了就想，也許我們在這種現代生活的環境裡，人與人的關係變得冷漠了，但人和這種搖尾巴動物的關係，卻越來越親密了。

我走到那裡，小公園被提燈的孩子和帶孩子來提燈的大人擠滿了。那些孩子小的不過兩三歲，大的不過十來歲光景，他們提著不同的燈籠，張張天真的小臉，都被燈籠映得紅紅的。有的三兩個聚在一起，蹲在地上將原來插在生日蛋糕上的彩色小蠟燭，在地上或水泥凳上排列起來，然後一支支地點燃，整個小公園被那些五顏六色小蠟燭，叢叢圈圈躍動的火焰，點綴得更生動了。有些較大孩子擠在沙坑裡，他們用沙礫堆砌成城堡或窨洞，再將舊報紙塞在裡面點燃，火苗在煙霧彌漫裡突起，熊熊燃燒起來，孩子們的興奮也被點燃了，在旁拍手歡笑，我彷彿也可隱隱聽見他們興奮的心跳。雖然我也被他們的歡喜感染了，但心底卻浮起似煙的悲涼，最初我們祖先發現了神祕的火，然後廣泛的應用，使我們的生活向前跨了一大步，但我們的孩子在日常生活裡，離火卻越來越遠了，再也不會用躍動的火焰，來點燃他們心底潛藏的激動和遙遠的夢想了。這更使我懷念兒時在山城的歲月，手裡撐著油柴火把，被母親攜著，走過田埂的那個月夜。

我轉過頭來，看到一個約摸四五歲的孩子，手裡提著個小船的燈籠，在人縫裡鑽來鑽去，後來他突然想起了什麼，轉身跑到在旁邊注視著微笑的媽媽身邊，扯著媽媽的手，仰著小臉問媽媽：「月光光？月光光呢？」那媽媽憐惜地把孩子抱起，將臉貼著孩子的小臉仰著頭向天空搜索，但那被霓虹燈灌得酩酊大醉的天空裡，卻沒有月亮。也許月亮正孤獨地藏在大廈身後，暗暗啜泣。

窗外晴陰

後來，我終於被調了一個面海的研究室，那是我來到這裡很久以後。

最初，一個偶然的機會，到這裡轉了一圈，經過正在興建中的跑馬場，一片黃沙紅土，滿地鋼筋水泥，道路顛簸，沙塵滾滾，即使在十二月的冬暖裡，也給人一種荒蕪雜亂的感覺。車繞過一段傍山向海的公路，看到一些建築物，散落在一座荒山上。那的確是座荒山，樹木稀少，雜草橫生的岩石，還保持著原來荒涼冷峻的面貌。落座在岩石上的建築物，線條單調，顏色又是灰黑相間，一如滿山突出的岩石，冷漠得使人無法接近。等我爬到山頂，發現山的背面，竟是一個內海的海灣，海灣面對一帶青色的山巒，碧綠的海水，輕輕地泛著波瀾，寧靜得像個湖。於是，剛來時的一腔窒息，終於得到舒展。心想，這的確是一個「蟬蛻於塵囂之中，自致於環甌之外」的好地方。因此，我來了。

初來之時，研究室分在背海的那邊，和面海的一邊中間隔著個走廊，我很少有時間仔細端詳這海灣。現在搬到這邊來，海灣就在窗外的山腳下，每次從城裡下鄉，衝過一路的塵埃與喧雜，來到這裡。走進研究室便關上門，把自己鎖在裡面。於是，人情的冷暖，世態的炎涼，世事的滄桑都被隔在門外了，走廊上的腳步和談笑，彷彿也隨著遠去。我可以靜靜地坐在窗前，靜靜地觀看這個靜靜的海灣。在這段日子裡，我將自己隱藏在一個自我封閉的世界裡，細細點數著海灣的晨昏，看盡了窗外的晴陰。

對於這個海灣，我還是保持著初來時的印象，寧靜得像個湖。這些年來生活在島上，我有很多時間接近海，而且我也常常勸人去看海。因為我們生活的空間已經很擠，日久天長，容易把人的胸襟也擠窄了。既然現在我們沒有一望無際的平原，可供眺望。浩瀚的大海，卻橫在我們面前，及目處一片蒼蒼茫茫，在澎湃的浪濤襯托下，仍然也可以一寬胸襟的。

在那段戰爭的日子，我守戍在前線，宿營地就在海邊。軍旅的生活雖然單調，但每天黃昏沿著海濱散步，經過一片沙灘後，我會坐在近海的岩石上，聽疊疊的浪濤向岸邊捲來，擊碰岩石後浪花四散的聲音。漸漸地，一輪紅日沉沒在遙遠的海天銜接處，海面一陣紫色的翻騰後，天就隨著暗下來了。但海仍然在翻騰，波濤仍然在翻騰。我總覺得海太激動，每次看海歸來，心緒都很難平靜。因此，我還是懷念童年乘牛車經過故鄉的大平原。在趕車的鞭聲吆喝聲中，老牛拉著緩緩而行，四野漠漠，是那麼遼闊、平靜、安穩。

是的，我窗外的海灣雖不遼闊，但卻很平靜。即使在風雨的日子裡，也很難興起驚濤駭浪。當驟雨來的時候，一天鉛雲從海灣對面的一帶山峰，翻滾過來。於是，整個海灣被濃密的霧封罩起來。海灣中的小島，海灣對面的山峰，山峰下的漁村，還有海灣遠處淡水湖的長堤……，都在濃霧裡消逝了，海灣裡沉浮著一團茫茫的白。一陣風來，翻動了窗外山崖邊，在雨中低頭垂泣的蘆花，也吹淡了罩在海灣上的霧。山腳下的海灣，又隱約可見。驟雨沖積的山水湧進海灣，近岸處一片濁黃，隨著風雨的吹送，慢慢向海灣裡擴散開來。濁黃的山水，夾在被山風驟雨梳洗的波瀾間，界限分明，真是清者自清，濁者自濁了。

雨漸歇，霧自輕柔。孤懸在海灣中的那小島，也在輕霧裡隱現出來。小島的港灣裡飄浮著幾艘避風雨的漁船，使那小島在朦朧裡，顯得格外幽遠、縹緲。漸漸地，對岸一帶山峰從霧裡挺拔而出，輪廓也清晰可見，祇剩幾環霧帶，繞緊在山腰間。雨後青山更青翠、更沉靜。每天看著那雨後青山和山間縈繞的霧，我總會想到那個扶杖到山裡採訪紅葉，還沒有歸來的人。

當濁黃的山水，被輕柔的碧波汲盡後，陽光突然撥開雲翳，又重現在海灣裡。這海灣也變得格外淨潔，明亮晶瑩了。輕波在湛藍的天空下盪漾著。湛藍的天空裡浮著幾絮閒雲，翠綠的海面上飄著幾扇初揚白帆。淡水湖漫漫長堤，在陽光下一線閃爍爍，再向遠看，就是水天一色的蒼茫了。這一灣恬淡的寧靜，在人來人往的匆忙眼裡，是很少留意的，現在我都獨擁了。我心裡有浮湖海之上的飄逸。

偶爾也會有艘快速的遊艇，剪破了這灣綠波。但當那遊艇拖著翻滾的浪花消逝後，海灣又恢復了平時的恬靜。是的，在我們生活裡，偶爾也會出現浪花，和浪花翻滾後留下的激盪迴漩。但那衹是偶然的點綴，我們似乎不必像一條跌落在岸邊的魚，那麼不停地翻騰和掙扎。因為，生活就是生活，生活總是那麼平淡無奇的。

我坐在那裡，看著一隻蒼鷹在海灣迴翔；孤獨，但卻傲然地在海灣上迴翔著。

難得糊塗

據不久前此間報載，江蘇崑山一個農家，將一方清代罕見的大石硯臺，當洗衣板用。這個方正形的大硯臺，邊長七十七厘米，製造得非常精緻，四周刻著水渠，在水渠的相連處，鐫了四條臥著的水牛，象徵「硯田筆耕」之意，但現時其中兩條臥牛已經損壞，想來是用來洗衣，日久天長創擦所致。

這方大硯臺的底部，刻鐫了鄭板橋手寫的「難得糊塗」四個大字。字旁並寫著鄭板橋的跋文：「聰明難、糊塗難，由聰明轉入糊塗更難。寬一著，退一步，當下心安，非圖後來福報也。」不知這方硯臺的主人誰氏，想他不是落拓科場，就是沉浮宦海中之人。沒有想到當日他珍愛的文房四寶之一，竟淪落到這個地步。不過，那農家主人確也糊塗得可愛，硯臺作洗衣板，雖物非其用，卻比將硯臺置於几上蒙塵，來得實際些。

講到糊塗，真糊塗和「難得糊塗」之間，是有很大區別的。真糊塗是福，難得糊塗卻有一個痛苦轉變的歷程。這種轉變的歷程，也可以從寫「難得糊塗」四個字的鄭板橋身上發現。鄭板橋原先並不糊塗，他是進士出身，既參加「聯考」，而且考中了，就該有個中人之資。後來他在山東范縣、濰縣當縣太爺時，也不糊塗，有當時他自己寫的詩為證：「衙齋臥聽蕭蕭竹，疑是民間疾苦聲，些小吾曹州縣吏，一枝一葉總關情」，頗有為父母官的懷抱。

但到後來，做了十來年的七品郎官，漸漸發現做官的滋味不好受：「十年蓋破黃紬被，儘歷遍，官滋味，雨過槐廳天似水，正宜潑茗，正宜開釀，又為文書累；坐曹一片吆呼碎，衙子催人粧傀儡，束吏平情然也未，酒闌燈跋，漏寒風起，多少雄心退。」最後才決定「擲去烏紗不為官」，從關心民間疾苦聲，到後來多少雄心退，最後擲去烏紗不為官，前後經歷了十幾年的時間。比起給山濤寫絕交信的嵇康，一開始就了解自己的性格不適於為官，和做了幾個月縣令的陶淵明，就回家寫〈五柳先生傳〉，鄭板橋還是有十分忍耐力的。經過十多年以後，他才悟出：「名利竟如何？歲月蹉跎，幾番風雨幾晴和，愁水愁風愁不盡，總是南柯。」該是條很長的路了。

鄭板橋大概還稱得上個清官，棄官以後，「囊橐蕭蕭兩袖寒」，而無法完全躬耕田園，歸隱山林，為了討生活，不得不再回到「千家養女先教曲，十里栽花算種田」的揚州。既然不能「腰纏十萬貫」，就沒有在揚州作寓公的本錢，衹有鬻字賣畫來維持生計。字畫都有一定筆潤：「大幅六兩，中幅四兩，小幅二兩，條幅對聯一兩，扇子斗方五錢」。「畫竹多於買竹錢，紙高六尺價三千」，而且必須現錢交易，所謂「凡送禮物食物，總不是白銀為妙」。賒欠免談，「任渠話舊論交接，只當秋風過耳邊」。鄭板橋寄身於市井之中，翻滾於紅塵之間，人也變得現實了。雖然人變得現實，但卻能置身於紛紜外，不問世事，至於「欲談心裡事，同上酒家樓」，來個共醉。因此，他有更多冷靜思考的時間，但想多了，人就變得糊塗了。他曾作詩自遣：「束狂入世猶嫌放，學拙論文尚稱奇。看月不妨人去後，對花只怕酒來遲。」他不僅糊塗，而且還很怪──揚州八怪，他居其首。不過，他的糊塗，屬於他自己所說的「由聰明轉入糊塗」的那一類。

事實上，沒有誰甘願做糊塗人的，至於是否聰明，卻是另一回事。不過，要做個聰明人也不易。因為不論聰明，或自作聰明人，都必須找些糊塗人來墊背，這樣相較之下，才能顯得自己真正聰明。所以，每一個聰明人都要找一伙糊塗人作群眾，眾星拱月似的環繞著他，甚至於聽命於他。聽他講無意義之言，看他做無謂之事，並且為他鼓掌，為他歡呼。但又有誰自認是糊塗的呢。於是，問題就來了，君不見酒樓茶肆之中，長街橫巷之內，廟堂黌宮之間，儘是聰明人不同的嘴巴在蠕動著，有的似河馬初醒，有的似鱷魚嚙物，有的似兔子啃蘿蔔，有的似耗子偷米吃，口沫橫飛似落霧，長短之聲似蛙鼓，兩張嘴皮上下翻覆，製造多少嘈雜紛紜，搞得舉世滔滔。

當然，真正的聰明人，不是沒有。數古往今來的人物，諸葛亮該算是一個。他的聰明，倒不是如《三國演義》所說，能呼風喚雨，未卜先知，而是他能選適當的地點隱居，又能在適當的時機，向適當的人拋售。中國傳統的知識分子，也許受了夫子忠恕之道的影響，祇想幫閒，從不作第一人想，都是習得文武藝，準備售於帝王家的。但卻沒有一個人像諸葛亮那樣，不僅售到高價，而且還受到適當的尊重。因為既是標售，就必須犧牲個人尊嚴的。這也是自古以來，中國知識分子都被坐在上面的那位，戲弄於掌股間的原因。

諸葛亮出山時才二十七歲，可真算得是青年才俊了。在他上後主劉禪的〈出師表〉，開始就說：「臣本布衣，躬耕於南陽，苟全性命於亂世，不求聞達於諸侯。先帝不以臣卑鄙，猥自枉屈，三顧臣於草廬之中，諮臣以當世之事，由是感激，遂許先帝以驅馳。」劉備得了諸葛亮有如魚得水，不是偶然的。因為諸葛亮的確聰明，當劉備訪諸葛亮於草廬之中，二人抵膝共話天下事，諸葛亮不僅為當時無立錐之地，又走投無路的劉備，指出了一條最佳的出路；而且這次的隆中對答，也決定了以後數十年三國鼎立的歷史局面。

諸葛亮這次的隆中對答，堪與楚漢相爭之際，韓信登壇拜大將軍時，向劉邦分析當時天下大勢的那段話，前後相映比美。不過，韓信和諸葛亮都是真正的聰明人，後來彼此的際遇和下場卻不相同。其原因是諸葛亮遇到的是難得糊塗的劉備，可是，我的那位同鄉——在馬上得天下的漢高祖，卻不願做個糊塗人。聰明人對聰明人，其結果是可知的。（漢高祖和韓信相處，也曾做過一次糊塗人。但卻不是自願的，而是張良在桌子底下踢了一腳，而變得一時糊塗的。）

所以，諸葛亮的聰明，如果遇不上糊塗的劉備，也是很難發揮的。劉備的糊塗，當然是屬由聰明轉入糊塗的那一類，衹是與鄭板橋表現的方式不同。劉備的確糊塗得可愛，當他在永安病篤，還將諸葛亮從成都召來，臨終囑咐後事說：「君才十倍曹丕，必能安國，終定大事，若嗣子可輔，輔之；如其不才，君可自取。」換句話說，若劉禪不成才，就取而代之算了。這幾句話說得諸葛亮悲泣流涕，誓死扶持那個後來「樂不思蜀」的真正糊塗人。

劉備死後，「嗣子幼弱，事無巨細，亮皆導之」。等諸葛亮導一國之政時，雖然與劉備合作了這麼長的時間，卻沒有學得他上司的糊塗。他還是那麼聰明，事無巨細皆親躬，件件事都要管到底。且看他的〈出師表〉，叮嚀劉禪在他出師之後，宮中之事該如何如何，營中之事該如何如何，就可得而知了。後來晉得天下，命陳壽搜集諸葛亮的文稿，編輯文集，陳壽就說：「論者或怪亮文采不艷，而過於丁寧周至」。

「過於丁寧周至」，可能是一個聰明人所犯的最大的毛病。大凡聰明人都過於肯定自己的智慧，而低估了別人的能力。總認別人做事不如自己，不放心別人辦的事，一切都要自己來。其結果不僅是自己「鞠躬盡瘁」而已，還會留下嚴重的後遺症。且看諸葛亮死後，蜀漢的軍政大權，由費禕、姜維分掌。當他們討論到如何拓展時，費禕就對姜維說：「吾等不如丞相亦已遠矣……不如保國治民，敬守社稷，如其大功，以俟能者，無以為希冀徼倖。」

費禕、姜維雖不如諸葛亮聰明，但也不是無能之輩。祇是諸葛亮太聰明，許多事都被他做了，他離開以後，留下的人怨自己不如他，想來想去，覺得似乎沒有什麼事可做了。但諸葛亮雖然聰明，卻累死了。後世惟恐真正聰明人又會被累死，因此又想出了一句話：「三個臭皮匠，抵一個諸葛亮」。臭皮匠雖非聰明，有事三個人分擔，總比一個獨撐來得省力些。鄭板橋還怕聰明人無法突破這一層，因此，才提出讓聰明人「難得糊塗」一下。

我雖還不算笨，但絕非聰明。祇是這些年的教書生涯，站在講臺獨白久了，有時竟不自覺地自認聰明起來。尤其又生活在一個聰明人的世界裡，偶爾也會陶陶然自作聰明。這樣不僅累己也累人。因此，我請畫家萬一鵬先生畫了個似醉還醒的鍾馗，倚酒罈而坐，胸中似有千般不平事，一目怒睜，一手執扇半遮面，摺扇已被憤然扯破；但卻遮不住被怒氣吹得橫飛的虯髯。然而，另一隻眼卻悠然微閉，另一隻手握著半傾的酒杯，似說世間儘是不平事，哪管得了那麼許多！算了，算了。題曰：「難得糊塗」。

這幅「難得糊塗」，就懸在我的研究室裡，舉目即見，朝夕相對，漸漸地我也可以了解鄭板橋的「寬一著，退一步」了。的確，大家都已這樣聰明，我們為什麼不能糊塗些。

坐進「糊塗齋」

最近，我終於搬了家。

搬家，對搞過一陣子長城的我來說，確非易事。因為長城是中國農業文化的象徵，中國農業文化的特徵，就是怕搬家，說得好聽些那叫「樂土重遷」。所以，等中國農業文化發展得差不多了，就出了個自以為眾人的大家長，並且警告大家一動不如一靜。為了提防他的子民亂搬家，因而築了一道大牆，將大家圍在裡面。一圍就是兩千多年。這道牆，就是如今在月球上還可以看到的萬里長城。

雖然，圍在牆裡的那兩千多年，大家的生活並不一定快樂，而且那大家長又像走馬燈似的換來換去。但中國子民卻頗知命樂天，祇要能湊湊合合地過活，也就心滿意足了。這就是

我們近代以前的那段歷史。可是到近世就變了，生活在牆裡的人，不僅想爬上城頭向外看看，並且還想進一步到牆外走走。當然，從牆裡走出牆外最好的方法，就是拆牆。不過，拆牆這個辭不雅。於是便美其名曰「現代化」。縱然學者專家對所謂的現代化，有千言萬語的詮釋，歸納起來就那麼一句：把牆外的喧囂引進牆來。將築牆和拆牆合在一起，就是我們整個的歷史。但從築牆到拆牆，我們的確跋涉了一段艱辛難言的歷程。

如今那道牆已拆得祇剩下斷磚殘垣，往日寧靜的日子，真的變成舊夢不堪記了。既沒有牆，就可以任意搬家了。雖然日子還是不好過，但人卻像南來北往的飛鴻，處處無家處處家了。但情勢雖變，景物已非，仍有許多人無法適應搬來搬去的生活，還遙想當年牆裡歲月。於是，萬般無奈，祇好四個人湊在一起，做一種此情留待成追憶的運動，坐在那裡反覆不停地築城和拆城。這的確是一種既傳統，卻又能與現代銜接的運動。因為這種既娛己又利人的運動，無法獨善其身，必須將個人與其他眾人結合成一個整體；我們不是常說三人就成眾的嗎。將個人融於群體之中，卻又能絕對堅持個人尊嚴，是現代民主社會生活必須的條件之一，想來想去，祇有這種運動才適合。

我雖不善此道，但當自己緩慢的步履，無法配合現代快速緊湊的時候，卻非常欣賞這種既生活於現代，卻又能發思古幽情的運動。因為我是個非常因循的人，所以，這些年高踞重樓之上，雖已無土可樂，但卻堅持重遷的習慣。因此，當年提簡便的行李，來到這鬧裡自有其幽趣的小山頭上，一窩就是八年。八年是段不算短的日子了，對日抗戰才打了八年；那八年我從西南漂泊到東南，隨著家人遷徙了不少的地方，我童年的金色也在炮聲火光中淡出了。雖然，這八年也曾發生了不少大事，但等降落在我避居的山上，早變成霧星一點，已微不足道了。這些年就在這種似俠非俠，似儒非儒，似隱非隱，寄託於市井之中，自逐於紛紜之外裡靜靜過去了。

我歡喜這小山居，還有一個理由。那是我當年最初到這裡，就住在山下的一個大廈裡，算起來該是二十多年前的往事。此次重來，大廈依舊，卻已增添了太濃的滄桑。心想人走的路雖然長，但轉的圈子卻不大，往往轉來轉去，又回到自己最初走過的那個點上。過去我在臺北搬來搬去，最後搬到學校靠山的宿舍，算是定下來了。但那眷舍卻距我最初讀書時的宿舍不遠。學生宿舍就在山腳下，被一叢竹林圍著。我搬來後，常散步到那裡，木樓仍殘舊如昔。我駐腳樓下，彷彿還聽見自己穿著木屐，走過樓上長廊的達達聲。其實我們都走不了多遠的。不知為什麼還有些人還要一面推開別人，一面又沒頭地匆匆向前撞，誰知他們在忙些什麼。

住在這山上還有個好處，下得山去再轉幾條小街，就到了繁華熱鬧的市區了。我常常在擁擠匆忙的人群裡漫步，似一條浮游在波濤裡悠閒的小魚。經過那些報攤、菜攤、小飲食店時，老板伙計含笑招呼，但卻不問我這熟悉的陌生人姓氏名號，做什營生，但他們接受我是他生活中的一員。回得家來將門關起，成了自己孤立的天地。雖四周盡是高樓大廈，抬頭望去祇有巴掌大的一塊藍天。但我書房窗外，兩座大廈間的一線空隙，卻可以看到遠處山坡上萬盞燈火。我常自我解嘲說，即使落雨的夜裡，我也擁有一天繁星。

雖然，我有很多次搬遷或迫遷的機會，但都被我一動不如一靜應付過去了。可是，現在卻非搬不可了。因為學校新蓋了一批宿舍，我們一些住在外面的散兵游勇，非歸隊不可了。最初想到我們搬家很簡單，雖然這山上住了這麼多年，終是寄居，笨重的東西從不添置，而且家具由房東提供，所以也可算身無長物了。不過，卻也有些「細軟」，所謂細，是我搜集的一些宜興小茶壺，至於軟，就是些書了。

不知從什麼時候開始，對這些陶土製造褐色的小茶壺，發生了濃厚的興趣，也許起初是為了泡茶。對於茶我非常固執，喝的是木柵山裡的清茶，每次從臺北回來，都帶五、六斤，家中特製五斤茶桶一個裝盛。茶是好茶，必須有雅器沖泡，於是添置了幾把宜興壺。後來由實用進入欣賞，陸續尋找，積少成多，現在要搬家，算下來也有六、七十把，雖然不是什麼古壺，也非出名家之手，但卻個個形狀不同，而且經過晨夕摸揩養了一段日子，隻隻發光透亮，古趣盎然，也日久生情了。與太太計量以後，這部份細物由我先分批帶到學校的研究室。

至於軟物的書，幹我們這種教書營生的，雖已清風兩袖，但總很有幾本點綴門面。我平時很少買書，除非是書到用時。可是日積月累，也存了不少。這些書都非善本珍藏，街上書店隨手可得。不過其中卻有一批我的特藏，而且是「君子」所不取的，那就是我搜羅的食譜了。這些食譜古今兼備，南北俱全，華筵點心皆有。暇時翻閱聊以畫餅，興起也會下廚，實踐檢驗真理一番。對著那堆茶壺，這批書，不由暗叫一聲慚愧。這幾年浮居海隅，客中歲月竟在吃吃喝喝中虛度了。

住了八年的房子，不僅積了不少塵，更聚了許多無用的雜物。想利用這次搬家機會，作一次徹底的門戶清理。但環顧四周，雜亂無章，不知從何處著手。記得當年大學畢業，對那些無法清理的筆記和雜物堆在籮筐裡，最後放一把火燒了。可是現在年紀大了，就沒有當年的果斷和俐落了。而且對一切舊的事物似乎都有些依戀，端的是剪不斷理還亂。最後決定搬過去再說。於是在一個濃霧的早晨搬了過來。

現在的宿處，在學校背後的山腳下，倒是倚山面海。但這個內海灣，卻不像海，波紋不生平靜得像個湖。當日交房子時，一位負責的先生將一切點交清楚後，帶我到陽臺上，手扶樓欄對我說，你看這裡像不像日月潭。那時微雨乍歇，對面一帶青山如洗。山腰縈繞著一條薄紗似的霧巾，這情景彷彿常在山水畫裡出現。青山環抱著一泓碧水，蕩漾的碧水中沉浮著一個小島嶼。是的，真有點像日月潭，但比日月潭更寧靜，更少脂粉氣息。

我過去很多年歡喜看海，也常常去看海。因為久居島上，既無高山大川可瀏覽，也沒有遼闊的平原可馳騁。久而久之，心胸似乎也變得狹隘了。記得當年服役軍中時，駐守外島，每天黃昏，總獨坐在山坡上看海。後來在一個海邊小鎮教中學，沒事時也常去看海。看著汪洋大海起伏的浪濤，和陽光下海濤擊拍著岩岸迸起的浪花。海雖然可以舒展胸襟，但總覺得太動盪、太激動、太多變，使人有一種情緒不安的感覺。不似我童年所看的一望無際平原，是那麼沉寂、靜穆，給人太多歷史溫情的迴想。

但我現在面對的卻不同，沒有想到在這紅塵滾滾的地方，竟有個如此恬淡的所在。尤其是夜裡，對岸那串綿綿的黃色霧燈。我初搬來時連日大霧，黃色的霧燈隱隱在濛濛的煙水裡，是那麼縹緲超脫。一天霧散了，發現對岸的一個小丘陵，不知是什麼所在，竟釁集著密密叢叢的霧燈。那許多黃色的光柱，使我想起兒時在山城，逢到打醮的日子，由四周山村下來的松柴火把，那許多躍動的黃色火焰，從山上魚貫而下，最後聚在一起，彷彿像對岸的霧燈，在沒有風的日子，倒映在水裡的黃色燈影，靜靜地凝住了。雖然，這個島上的燈光是舉世聞名的。夜裡被許多不同色影的燈光綴簇著，的確是很美的。但美得太淒迷，給人一種繁華若夢的愁惘。不似這海灣的黃色燈影，可使人進入漁樵閒話之中。

因此，我常常熄掉書房的燈，憑窗凝視。是的，我現在有間完整的書房了。搬進來後經過幾天的整理，書全上了架，如今很像那麼回事了。書桌倚窗而置，臨窗可以看到大半個海灣。書桌對著整幅的書牆。餘下的兩面牆，一面擺著兩個小書架，書架上懸著一幅相框的鄭板橋「難得糊塗」拓片。另一面牆掛著畫家萬一鵬先生為我畫的醉酒鍾馗，題款也恰是「難得糊塗」。我坐在那裡兩下端詳，心想既有書房，就該附庸一下，為這個書房起個名字。「叫難得糊塗齋，如何？」我問正在外面整理東西的太太。太太聞言大笑：「難得糊塗，還難得糊塗？你幾時清楚過?!」一句話提醒，我做事一向孟浪，祇要差不多就算了。再說難得糊塗確是很高的境界，正如板橋所說：「聰明難、糊塗難，由聰明轉入糊塗更難。寬一著，退一步，當下心安，非圖後來福報也。」我如何配得！於是便說：「那麼，抹去難得，剩下糊塗如何？」「這還差不多。」太太答道。

窗外有棵相思

望著從書架上搬下來的書，零亂地散滿一屋，地上、桌上、椅子上都是一疊疊、一堆堆的書。常言道書到用時方恨少，這些年我買書，還算相當克制的。居處的糊塗齋和學校的研究室，雖不算大，卻有轉身的餘地，可以藏書。但心想將來還是要走的，遷徙不易。所以，除非現在用得著，將來可能用的書，其他一概不收。逛書店看到雖然歡喜的書，卻很少衝動。但成年累月積下來，倒也不少。平時買了往架上一擱，真正用到的時候不多，任其寂寞排列，靜靜蒙塵，並不甚礙事。現在真要走了，必須作個徹底清理，對著這些散置的無用之物，真是種了芭蕉又怨芭蕉，一時不知從何處著手。

也許真的是上了年紀，沒有當年決絕果斷了。當年大學畢業的時候，清理雜物和筆記，也無從下手。最後卻集成一堆，搬到宿舍外的草地上，點了一把火，燒了。四年的大學教育和生活，瞬間化為灰燼、青煙和清風，消散在藍天下，的確是非常乾脆俐落的做法。想到這裡，不由深深吁了一口氣。轉身走到窗前，透過窗外一樹稠密的濃蔭，隱隱看到山下那灣海水，和傍海高速公路奔馳往來的車輛。

窗外有片好山水，最初路經這裡，就喜愛這片山水。也許因為這片山水，我才來到這裡。生活在這個時代，不論有形或無形的山水，都被腐蝕殆盡，我們突然失去隱蔽，已經再也找不到一個藏身之所了。徘徊歧途，更無路可退，祇好曝露在外，任由評點。不然就自我標售，了無尊嚴可言，的確是這一代的悲哀。我總想尋找一個不必拋頭露面，自己可以躲避的地方，沒有想到這個城市紅塵十丈外，竟還有這麼一片好山水。

我非常慶幸自己最初選擇了這個營生。教書匠的生涯，也有它的好處，一個人一個單位，不用管人，也不受人管，一肩明月，兩袖清風，了無牽掛。所謂傳道授業者也，那不過是書生自我設限而已。中國過去的書生，就是現代的知識分子，但不論過去和現代，都歡喜畫個圈圈，把自己陷在裡面，然後又掙扎著破繭而出，要管些風聲雨聲的閒事。過去我也曾做過這一類的傻事，回過頭來想想，真是「手空空無一物，路遙遙無止境」。這又何苦呢？況且我們未必比別人聰明。

於是，我來到這裡，最初想也許祇是偶然停住，沒有想到竟在這裡留住了這麼多年。不過在這片山水裡，常常也會有些無端無謂的風風雨雨。但祇要自逐於紛紜之外，靜觀那些風雨中匆忙爭道的腳步，也是一種閒趣。就這樣我在這片山水間徜徉了這些年。雖然踽踽獨行，但卻不寂寞。因為我有很多的時間，想想自己的存在，生活著一種完全自己的生活。僅僅祇有這些，已經非常難能可貴了。往往有人問起何所獲？我說，無他，閒散而已。雖然閒散，但閒散中自有其尊嚴。

現在我要走了。最初窗外一樹濃蔭，祇是一株幼小的樹苗。我可以坐在窗前，獨覽這一窗的山水。山下的海灣，寧靜得像個湖泊，平時波紋不生在陽光下閃閃發光，即使在刮大風的日子裡，也興不起多大的波瀾。海灣外環繞一帶青山青。我常常看著驟雨從那山後奔馳而來，然後一層厚厚的雨簾，在海灣上扯了下來。一陣風來吹走驟雨，海上餘下的是團迷濛的霧。漸漸地，霧散天青，對岸漁家的房舍，房舍背後的青山，又隱隱地出現了。尤其在夜裡，一串串黃色的霧燈，也隨著閃耀而出。……我坐在那裡，看盡了窗外的晴陰和冷暖。

現在，窗外的那株樹苗，已長成棵大樹，濃密的葉蔽蓋了我的窗子，我已無法看到那寧靜的海灣，和海灣外的青山。後來才知道這種樹的名字叫相思。細細的葉子，會開氣味不甚好聞的小黃花，還會惹來一樹的蟬詠。在聒噪的蟬詠聲中，我突然想到現在是該走的時候了。

這一池寧靜

去年離開香港時，清理學校研究室裡的破書殘稿，十四年的積累，實在雜亂得很，一時不知從何處著手。回首窗外，一樹濃蔭襯著一片藍天，藍天下是靜湛的海灣。海灣外青山隱隱。沒有想到我來時的一株幼苗，不知不覺中已綠蔭滿窗了。這才驚覺客中歲月容易過。雖說離此了無牽掛，多少也有些微流失的惆悵，於是，寫下了那篇〈窗外有棵相思〉。

文章發表在去年十一月的香港《明報月刊》，沒有想到流傳到美國，竟牽動了老薛的思緒。老薛就是薛鳳生，我們同學又同鄉，當年在臺大，他念外文，我讀歷史，如今他在美國教書。他寫〈讀耀東「窗外有棵相思」有感二首，一九九二年一月〉：

士子情懷亦可哀，聽風伴月自徘徊，遙望窗前相思樹，忽悟蟬鳴歸去來。
士子情懷亦是詩，窗前獨坐聽蟬嘶，壯心已歇禪心起，方是靜觀萬物時。

鳳生的詩引起他同校教書的勞延煊、陳穎兩位學長唱和。勞延煊學長〈奉和鳳生讀耀東「窗外有棵相思」有感，呈辥、逯二兄哂正〉：

處士佳篇盡我哀，神州域外雨徘徊，何當手植堂前柳，三徑榛蕪歸去來。
支離漂泊敢言詩，賸水殘山任雨澌，明鏡豈堪勤拂拭，來邇無復羡楊時。

延煊學長詩後有自注：「第二首用鄧拓『東林講學繼龜山』意。」按鄧拓遊太湖過東林書院，見門首「風聲雨聲讀書聲聲聲入耳；家事國事天下事事事關心」的對聯，感慨身世，寫下了「東林講學繼龜山，事事關心天地間，莫謂書生空議論，頭顱擲處血斑斑。」過去我在課堂講課，常提這副對聯和這首詩，不過，已不彈此調久矣。陳穎學長的詩〈奉和鳳生、延煊讀耀東「窗外有棵相思」有感，兼懷耀東〉：

秋蔭鳴蟬自引哀，琴書裝盡多徘徊，浮生不盡相思意，隔水青山送雨來。
清腴小品似吟詩，十載歸心待馬嘶，猶憶海疆曾一聚，長宵客館劇談時。

那年陳穎兄東來，雖是初會，心儀已久，一見如故，把盞言歡，意猶未盡，移至他下榻的賓館，繼續促膝相談，哪管窗外的風和雨。

前些時，景鴻轉來鳳生他們的唱和，捧讀再三，真的是大半生的飄泊。如今我們都已江湖老了。但翹首鄉關，卻有家難奔，有國難投。一鞭斜陽，滿襟西風，長亭復短亭，不識歸何處。不禁悲從中來，泫然欲涕。本應奉和，然生性拙俗，愧不能為詩。

鳳生詩才敏捷，那年初從香港回臺大教書，我的同學張伯敏在美國留學，寫了篇〈往事憶趣〉發表報端。記我們大學生活的一些趣事，屬於我的最多。伯敏的文章幽默俏皮，我也寫了篇〈又來的時候〉，沒有想到文章刊出後，引起了些微瀾，回應的文章不少。也在美國的鳳生，飄來郵簡一紙，簡中賦詩一首，並信筆塗抹了瘦馬一匹相贈，屈指算來，已是二十五年前的舊事了。

二十五年不算短，四分之一世紀了。多少世事化塵，已幾經滄桑。但我卻寄跡於市井之中、自逐於紛紜之外，在這紅塵滾滾的城市裡，閒散了這麼多年。這些年生活雖然有些寂寞，但能耐得住的話，咀嚼寂寞如青欖，也是一種享受。而且也可以給自己一個冷靜思考與反省的機會。所以，在〈窗外有棵相思〉中，我寫下：「生活在這個時代，不論有形或無形的山水，都被腐蝕殆盡，我們突然失去隱蔽，已經再也找不到一個藏身之所了。徘徊歧途，更無路可退，衹好曝露在外，任由評點。不然就自我標售，了無尊嚴可言。」

在這沒有山林的時代，不論願或不願，都被迫捲入無謂的喧雜裡。那年天安門熄燈之後不久，接到一封來自北京，但卻沒有名字的信，信上說邇來耳背目眩，幸心未矇。我知道這是朋友書報平安。隔了段時間，事情還沒有過，我寫信給他：「天氣酷熱，望多自珍重。」他回信：「天氣雖酷熱，然有自處之道。」我立即再去信：「能有自處之道，甚慰，甚慰！心靜自然涼也。」

也許心靜自然涼，該是行走在光禿禿的陽光，雖然無奈，但卻是最好的自處之道了。回來大半年了，此間吵雜更甚於往昔，其間還滲著無端無謂的紛紜。對於這個曾是我的尋夢園，有一份熟悉又陌生的感覺。過去不論外面多麼吵雜，衹要走上椰林大道，心情剎那就平靜下來。尤其晚霞映紅的西天，襯著懷恩堂孤立的十字架，燕子隨著晚風，穿梭往來在靜靜穆穆的椰林間……曾經在這裡生活過的人，即使離開多年，回憶起來，也不禁有又見棕櫚的親切與喜悅。

現在又是三月天了。滿園杜鵑盛開。但連日的綿綿春雨，紅的白的花瓣散落滿地，給人一種淒迷飄零的感覺。而且那排整齊羅列的椰子樹上，貼著零亂的紙片，也不知上面寫的什麼。傅鐘下更高紮竹架，竹架上吊著些紙人，幾番風雨吹打後，裂成許多白色的紙條，抖索在濛濛的細雨中。我在那竹架前駐腳，疑是置身在日本神社。幸好那敲鐘人在雨中踽踽行來，敲響了傅鐘。悠揚的鐘聲在風雨中播散開來，祇有那鐘聲，還是我熟悉的。

於是，我又來到池旁。離我居處不遠是個小公園，林蔭深處有個小池塘，池旁縱錯橫生的都是垂柳。池水雖不清澄，卻映著微風飄盪的萬縷柳絲。偶爾有幾尾小魚躍出水面，泛起朵朵漪漣，隨著微風悄悄地向四周擴散。池塘上架著座拱形的小橋，恰將池塘分成兩半。在朦朧的晨霧裡，坐在池旁，那垂柳，小橋，還有落在池裡的倒影，綴成一幅淡淡濛濛的水墨畫，似是在江南什麼地方見過的。

晨間或夜晚，我常來到池旁閒坐，許多無謂的紛紜和無端的吵雜，都漸漸離我遠去了。我坐在那裡，靜靜地坐在那裡，獨擁著這一池的寧靜，也擁有我自己。

姑蘇城內

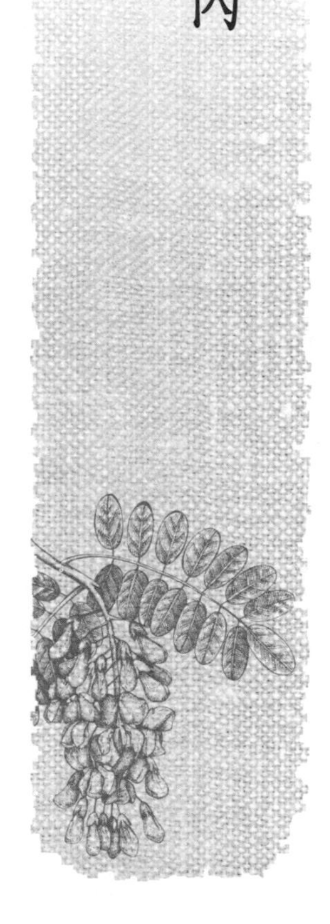

到了，首先看到的，還是那座塔。

那座塔矗立在夏日清晨的陽光裡。清晨的陽光似一傾透明流動的液體，澆注在那座塔上，四十年的風雨和滄桑，就這樣靜靜悄悄地流過去了。我走時也是個陽光的早晨，卻在寒冷的冬天裡。我縮著脖子頂著凜凜的北風，隨著沉默倉皇的人潮，從塔旁經過，黃冉冉的晨曦正照在塔頂上，映得塔隙間冒出的衰草格外蒼蒼。蒼蒼的衰草抖索在寒風裡，是那麼淒淒切切。那天正是大年除夕的早晨，遠處隱隱傳來劈拍的聲響，但卻分辨不出是慶團圓的炮竹，還是追兵的槍響。

現在，我來了。但這裡卻不是我的故鄉，更沒有親人留居，祇是我曾經生活過的地方。

41
姑蘇城內

在過去一串離亂的歲月裡，被烽火燃燒著，從西南飄流到東南。腳步不停地在地圖上的不同小黑點移動著。但那許多陌生的小黑點，在我記憶裡像回潮的底片，早已模糊不清了。最後來到這裡，在這個城裡過了幾年雖不安穩，卻不再遷徙的日子。所以，這座城在我心裡，像散落在春水池塘裡的桃花，又被細雨斜風吹聚在一起，久久不散，而且顏色又是那麼鮮明。過去常有人問起，如果回去，最想去哪裡，我說的就是這座城。

如今，真的來了，走在這城裡的長街上，發現這座城似乎變了模樣。這是我走過千百遍的長街，每天上學放學都從這街上走過。我熟悉這長街的每一家店舖，撫摸過傴僂在巷口的老樹，踩踏過鋪在街心的鵝卵石。那些鋪在街心的鵝卵石，日久天長已被磨得非常光滑，尤其暮春三月細風吹亂雨絲後的早晨，顯得格外淨潔。街旁的老樹，不知什麼時候吐出了鵝黃的葉芽。樹下有幾隻嬉戲的狗，追逐著穿過街心，消逝在對面的巷子裡，對面的巷子庭院深深，深深的庭院裡有幾枝出牆嫣笑的桃花。

這長街似沉睡方醒，整個街面被一層輕柔的霧紗牽扯著，朦朧的霧紗罩著幾個端著臉盆或提著水壺的人影。那是到老虎灶洗臉或提開水的人。這的確是很溫暖的景象，尤其是酷寒的冬天早晨，從灶旁經過的時候。灶裡的稻糠熊熊燒著，鍋裡沸騰的滾水，分散出來的蒸氣瀰漫了一屋。灶旁有握著水瓢老掌櫃微笑的臉。灶下的小夥計一面打盹，一面手拉抽著風箱。

再過去是怡園，怡園對面就是「朱鴻興」了。「朱鴻興」和幾家老虎灶，都是這長街早開市的鋪子。對於「朱鴻興」，我有更深長的記憶。在一篇文章裡曾這樣寫道：「朱鴻興」專賣早點，而以燜肉麵最普遍，當然還有湯包和其他麵點。每天早晨，許多拉車和賣菜的，都各端一碗，蹲在街邊廊下，低著頭扒食。我早晨上學走到這裡，把錢交給倚靠櫃檯、穿著蘇州傳統藍布大圍裙的胖老闆，他接過錢向身後那個大竹筒裡一塞，回頭向裡一擺手，接著堂倌拖長了嗓子對廚下一吆喝。不一會兒麵就送到面前。我端著麵碗走到門外，來撿個空隙把書包放在地上，就蹲下扒食起來。

那的確是一碗很美的麵，褐色的湯中浮著絲絲銀白色的麵條。麵條四周飄散著青白相間的蒜花，麵上覆蓋著一塊寸多厚半肥半瘦的燜肉，肉已凍凝，紅白相間層次分明。吃時先將麵翻到上面，讓肉在湯裡泡著。等麵吃完，肥肉已化盡溶於湯汁之中，和湯喝下，湯腴腴的鹹裡帶甜。然後再舔舔嘴唇，把碗交還。走到廊外，太陽已爬過古老的屋脊，照在街上顆顆光亮的鵝卵石上，這真是個美麗的早晨。

但等我再找上門的時候，「朱鴻興」已經歇了。不僅歇了，連店面也拆了。被拆得殘缺的門檻上，貼了張褪了色的告白，我看了有莫名的惆悵。從屋外朝內望，屋內堆著些殘椽碎瓦，還有幾堆黃土，我跨過門檻走了進去，有幾許懷古憶舊的思緒，抬頭上望，三面牆夾著一塊藍天，才發現這裡很多事物都改變了，就像這條長街的名字一樣，過去叫護龍街，現在改稱人民路了。從護龍到人民，倒真的是一段歷史的歷程了。而且是非常曲折迂迴的。

當然，改變最大的，還是我的舊居。當年我家就在這街上的一條巷子裡，那巷子叫倉米巷，過去沈三白和芸娘就住在這裡。這是一條兩旁都是舊式建築，不甚寬的巷子，入巷子不遠右拐是個弄堂，弄堂的盡頭就是我的舊家，一樓一底的洋樓，落座在兩畝地的花園裡。我的照相簿裡還有一幅舊時的照片，那是大哥在陽臺上照的。母親坐在藤椅上正對著陽光穿針引線。膝上攤著要縫補的衣裳。三弟和幼小的四弟與我，伏在母親膝下的地上。聚精會神地看著一本小書，大概是租來的連環圖了。那時該是十月小陽春的天氣，溫暖的陽光灑滿一地。照片沒有照到那花園，花園裡有幾畦母親拓墾的菜地，菜地生產的新鮮的菜蔬，自家吃不完，就送附近矮屋的鄰舍吃。

這幢樓分成前後兩座，前樓和後樓有條雕花的陸橋相通。我就住在後樓，後樓祇有兩間房，外面的一間是書房，書房外是個不小的陽臺，月明風清的夜裡，滿室都是月影，我常常站在陽臺上，看隔壁那個廢園，那也是很大的宅子，不知為什麼荒廢了。月夜的廢園使人有種淒清陰森的感覺，尤其在起風的夜裡，園中頹敗的小橋像是有白衣的人影在走動。廢園外是條長巷，對面也是深深的庭院，庭院裡有幾株參天的老樹，冬天樹葉落盡後祇剩下枯枝。

在黃昏滿天的彩霞裡，有成群歸巢的老鴉，喧噪著繞枝迴飛。我喜歡在月夜，和朋友並肩而行，踩著滿地的樹影和落葉，默默地步出寂寂的長巷，經過三元坊到滄浪亭去。站在滄浪亭的池邊，看著對岸亭榭和假山的陰影，倒映在滿池的月色裡，偶爾一陣風來吹縐了池水，也帶來幾卷遮月的浮雲，將這夜色點綴得更淒美了。

我去探訪舊居，正是烈日當頭的正午時分，走進巷子依稀舊時的模樣，轉入弄堂走到盡頭，竟被一道高牆擋住了。牆內是一列高樓建築物，靠牆的地方有一座沒有拆除的舊樓房，樓房旁有一座殘破的水塔。看著那水塔，我突然想起這是我住過的後樓了。當日我犯了錯怕父親母親責罵，常常是在水塔旁的廚房吃了飯，沿著樓邊的鐵梯子爬到後樓，再將由陸橋通向前樓的門拴住。拉起來十天半月不和他們謀面，是非常安全的。

現在小樓的屋瓦已被掀去，屋外的陽臺也被敲掉了。幾扇朝北朝西的窗子，被打得祇剩下幾個黑洞，像盲人的眼睛朝天空翻瞪著，旁邊水塔的支架已被鏽蝕歪斜著，這真的就是我居住過，盛滿詩意的小樓嗎？正躊躇間，從牆旁矮屋裡走出來一位老者。他瞇著眼，張著沒有牙齒的嘴打量著我。我說我四十年前住過這裡，現在回來看看。他哦了一聲，說出父親的名字。他說他姓王，一直住在這裡。接著王老先生指著牆內的那列樓房說：「你們家的院子和隔壁劉家的園子，合在一起，現在是第二人民醫院了。」他又說：「你們這院子很大，現在人民路那家清真館，就是當時的邊門。」他又熱情地邀我到他家坐坐，我看看腕上的錶，正是午飯時刻，謝了他的好意，告辭了。我再回首看看那殘缺的小樓，再看看王老先生和善佈滿皺紋的臉，兩行熱淚在我太陽眼鏡背後流了下來。我讀過也講過太多歷史的悲愴，現在卻真的體會到了。

後來兩天，這種悲愴的情緒一直縈繞著我，等我再爬上盤門的城樓，內外眺望時，這種悲愴的情緒更濃了。也許當年正是愛上城樓的年紀，往往載著滿懷西風，躑躅城頭，或許想在那荒煙蔓草中，撿拾些歷史的悲愁，來排遣無謂的青澀煩憂。現在城牆拆了，據說是為了建築環城公路。但公路始終沒有動工，古城的詩韻卻一去不返了。現在衹剩下盤門一隅。盤門的城樓，離城樓不遠的瑞光塔，和城外護城河上的吳橋，如今並稱為盤門三景。

既稱之為盤門三景，成了個觀光點，就無甚可觀了。不過，我還是去了。上得城來，發現城樓竟是新建的，城樓上樹了一個拱斗，上面懸的也不知是誰家的旗幟。旗下還升著一串紅燈籠，一似現代電影裡的場景，我的興味就索然了。

我在新築的水泥路上往來走著，手扶垛堞外望，了無興廢之嘆，哪裡還能愴然淚下呢！城外的吳橋倒是座典型的水鄉拱橋，也是新的，橋上人車熙攘，車是自行車，橋下的汽船翻起黑色的白浪，再往遠看是些工廠，工廠的煙囪吐著濃濃的黑煙。回首瑞光塔孤立在斜陽裡，真是看盡興衰了。

我默然步下城來，然後駛車去滄浪亭，在暮色蒼茫中，隔著車窗看看濁黃色的滄浪水，就向前面開車的師傅擺擺手，悄悄說了聲走吧。最後我坐在道旁，看著法國梧桐綠蔭遮蓋的街道上往來的行人，我想在這條我熟悉的街道上，在許多往來的行人中，即使有我少年的遊伴，也是縱便相逢應不識了。

於是，我到旁邊的小舖買了瓶桔子水，回來慢慢啜吸著。在這個我曾經生活過親切又熟悉的城裡，我竟是個外來的陌生人了。抬起頭來，我看見的，還是那座塔。那座塔矗立在長街的盡頭，煙塵滾滾的驕陽下。

大風起兮

這次回臺北，大哥將他發表在《豐縣文獻》上的一篇文章〈大陸行所見所聞所感〉，影印了一份給我。豐縣是我的老家，《豐縣文獻》是家鄉長者辦的一份雜誌，載的多是鄉情鄉思和故園的軼事掌故。大哥的文章說，他這次大陸行「真是酸辣苦甜、百味雜陳，感慨何止千萬，因其變化之大，所謂滄海桑田，實不足道萬一」，這是寫他回老家豐縣的感嘆。他這次還鄉，是我陪伴去的。所以，他在文章裡說：「團隊旅遊到最後一站上海後，二弟耀東由香港來聚，乃結伴經徐州回到豐縣。」

去年八月，大哥大嫂有大陸之旅，行前議定他們到上海後，大嫂留在那裡和她的姊姊們聚敘，由我陪大哥還鄉。大哥選我陪伴，由於這幾年我們夫婦常在這裡面行走，而且不參加旅行團，也不作交流，接觸真正的人民多些，比較了解那裡的一些習俗陋規，有我在旁陪伴，他比較安心些。不過，談到還鄉，我說咱們逯家在豐縣沒什麼人了，無啥親可探。的確，我姑母帶了兩小表弟，遠走新疆。後來姑母過世，兩個表弟在阿爾泰山腳下的紅旗墩落了戶。「爺爺奶奶的墳，總是要上的。」大哥說。「這是啥年月了，還留下一大片柏樹林給你，墳怕早就扒了，種了莊稼。」我說。

少小離家，飄流年年，已失去對土地的依戀，真的是處處無家處處家了。故鄉對我來說，已經非常模糊。年少時寫「我的故鄉」或「自傳」一類作文，提到家鄉，父親在看文章時，總提筆添上句，豐縣，乃「宋襄之遺封，漢高之故里」。我才憶起在江蘇的地圖西北角上，那個寂寞存在的小黑點。後來讀《史記・高祖本紀》：「高祖還歸。過沛，留。悉召故人父老子弟縱酒。酒酣，高祖擊筑。自為歌詩曰：大風起兮雲飛揚，威加四海兮歸故鄉⋯⋯高祖乃起舞，慷慨傷懷，泣數行下。」然後對故鄉才興起歷史的聯想。劉邦起於沛生於豐。也就是我們家鄉常說的豐生沛養。所以，他起兵時帶的盡是豐沛子弟。

過去在大陸行走，我有兩次還鄉的機會，都臨時作罷，也不知是否近鄉情怯。現在我們兩個豐沛子弟在外多年，真的要結伴歸故鄉了。記得當年剛到嘉義過年，父親寫了副春聯貼在大門口：「何妨蓬萊小住，青春結伴還鄉。」現在父親的墓木已拱，大哥和我結伴還鄉，都已鬚髮蒼然了。

大哥和我是乘從上海開出的夜臥去徐州的。也許是夜深了，月臺上竟靜悄悄的，沒有日間擠雜喧囂。上得車來，發現票竟分在兩個房間。正想找列車長談談，年輕的列車長走了進來，進門就向我們舖上一坐，我忙遞一支香煙過去，他深深吸了一口，問道：「啥牌？沒吸過。」我立即從行囊裡取出兩包，塞到他手裡。聽他的口音是我們家鄉附近的人，於是，我說：「鄉親，這牌子裡面很少見，你留著嘗嘗。」那列車長笑著將香煙放進口袋裡，然後我提到車票的事。他站起來說：「二位放心睡吧！沒人擾。」說著把門帶上，走了。車子緩緩離開月臺，有幾百尾雨絲落在車窗上，窗外一片漆黑，如今已經沒有「夜上海」了。

我將行李放妥，然後解下繫在背包上特大號的漱口杯子，從背包裡取出文山清茶來，放進大漱口杯子裡，順手從茶几下拿出了車上的水瓶，沏了滿滿一大杯。笑著對坐在對面舖上的大哥說：「在裡面行走，這杯子是不能少的。」然後又取出從香港帶來的紙杯子，分了茶。我們兄弟倆就隔床品茗夜話了。大哥和我有好幾十年沒有同坐夜車了。上次還是祖母在家得病，父親匆匆返鄉侍藥，後來祖母噩訊傳來，母親帶我們兄弟四人，從蘇州回家奔喪，坐的也是夜車，同樣也是個下雨天。

第二天清晨到了徐州，天都放晴了。坐了一夜的車，下得車來，月臺上陽光照得眼睛都睜不開。接著就趕車回家，坐的是往前線送補給的軍車。當時淮海戰役已經展開，戰爭在山東的金鄉魚臺間激烈進行著。金鄉魚臺離豐縣不遠。連綿的陰雨乍歇，路上泥濘不堪。而且被運補的十輪大卡車輾得東一個坑西一個窪，沿途許多車子陷在坑窪，車輪在泥漿四濺裡打轉，車子卻彈動不得，有的用寨門、石滾或麥稭塞填。前面幾隻黃牛拖接，車子還是文風不動。

豐縣離徐州九十里地，一路行行停停，車到縣城時，已暮色四起了。鳳鳴塔孤零零地佇立在城外田野裡，那城牆和城門樓都浸在一片灰色裡。我們回到家門，直奔祖母的靈堂，跪倒在地，等我含著滿眼淚水抬起頭來，看到四周親朋，他們穿的衣裳也是灰色的，在那叢灰色襯托下，他們的面色顯得更黯鬱了。我彷彿也被那層沉甸甸的灰色，緊緊封裹著了。沒有想到八年的離亂，再加這幾年雙方的拉鋸戰，我的故鄉已歷經滄桑，變得格外殘破與蒼涼了……

「到了，到家了。」坐在車前的伯順表弟回過頭來說。伯順是三姨的孩子，當年在蘇州分別時，不過是個五六歲的孩子，現在已經做爺爺了。他在徐州車站接我們，我們緊握著手，端詳著他，依稀記起他兒時模樣。然後上了他廠裡的車子，頂著八月的驕陽，馳過兩旁的玉米田，田野裡在風中搖晃的行行榆樹，還有散落在田野裡土牆茅頂的村舍直馳豐縣。

「到了？」我從沉思裡醒來，疑惑地四望，沒有看見鳳鳴塔，沒有進城門，怎麼就到了。我跳下車子，重重地踏了腳下的水泥地，四十多年的離別，我終於踏上了故土。但這片故土都已陌生得無法記憶了。像我走過的許多小鎮一樣，橫貫著一條頗闊的柏油路，路旁種的是楊樹。路兩旁舊的房舍間，夾雜新建的樓房，這些樓房不用看也知道，都是搞經濟開放辦公的地方。當年進城後的石板大街，大街上的石牌坊、石牌坊兩旁的商號，從牌坊再往前走，就到了衙門口的鐘鼓樓了……現在都無跡可循了。我茫然地站在那裡，現在我腳下的故土，換句裡面常說的話，已經舊貌變新顏了。

「兄弟，你們可回來了！」在車旁等我們的親朋中，走出位白鬍的老者，一把抓住我們弟兄倆的手，含著眼淚說。我一眼認出那是建運大表哥。雖說我們家在豐縣沒有什麼親人了，但母親那邊還有些親戚。尤其建運大表哥和表嫂，和我們兄弟非常親近。母親姊妹三人，沒有兄弟，她行二。建運大表哥是大姨的長子，雖然沒進過學，為人風趣機警、記憶力特強。抗戰時跟我們逃難到湖南。後來我們到江西，他留在湖南。父親在江西東鄉做芝麻官時，他從湖南步行到東鄉，還帶了新婚的表嫂。浙贛戰役，東鄉淪陷。那時祖母剛好從陷區老家帶了三弟來聚，又要逃難。父親將我們一家安頓在資谿的高埠，又回到東鄉打游擊，建運大表哥是父親貼身的衛士。表嫂留下來幫母親照料家務。當時四弟剛從槍林彈雨中誕生，就由表嫂來帶。然後由江西而安徽，最後到蘇州，四弟是由她一手帶大的。

建運大表哥已是七十開外的人，瘦瘦黝黝的臉膛，頷下蓄著白髯，但身體硬朗，聲音非常宏亮。這兩天常拉著我的手，老重複一句話：「這不是做夢嗎！我做夢也沒想到咱們弟兄還能再見面。」後來表嫂也從鄉裡趕來，頂著一方毛巾，完全家鄉老婦人的打扮。也是七十的人了，還是那麼瘦小、精靈。表嫂說的我們家鄉話，還帶點湖南口音。伯順表弟在旁悄悄地說：「這些年蠻子嫂，領著一家人過，真不易。」蠻子是我們家鄉對南方人的稱呼。的確，一個南方婦人在非常保守的農村落了戶，又經歷了這場翻天覆地的變動，真不是易事。不過，現在總熬過去了，如今已是幾十口人的四代同堂的大家庭了。

雖說家鄉已經舊貌變新顏了，但我們家的老宅子都沒變，我們家的老宅子是靠街的三間門面。後面有三進院子，二三進之間有個很大的花廳，光線很暗，一邊靠牆的地方，停著祖母的壽材。祖父過世後，祖母親自監製了她的棺木，每年油漆一次，油漆了二十多年，她過世時已經八十六歲了。我們小時候都是低著頭悄悄而快速地穿過花廳，出門後再回頭望去，祖母的壽材在黑暗中發出藍熒熒的幽光。

回鄉的第二天，我們就到老宅子去看看。那裡正經營一個醬園子。三間店面已非常殘舊，店外的飛簷也斑疤脫落，店內光線黯淡，櫃檯上擺著各式醬菜，店裡懶懶地站著幾個人。門前簷下還架著張板床，蚊帳還沒有收，這大概是家公營的醬菜店了。我們走進店內，向站櫃的人說，這是我們家的房子，我們想看看。他們用奇異的眼光打量我們。我緊接著說我們祇是看看老家，不要房子。我們由店面向後走，後面是個天井，兩邊廂房和廊下擺滿許多醬缸，再往後的兩進院子已經封死了。

店裡人說後面住的另外幾家人，門不朝這邊開。大哥默默站在廊下，我知他這時的心情，正像他面前醬缸裡的醬菜，酸辣苦甜都有。於是，我走過去拉了他一把，輕輕地說：「走吧！」我們又回到店裡，向站櫃的人說了聲對不起，打擾了。然後走出店來。心裡有種很難說出的滋味，心想這是非常滑稽的事，走進自己的家門，竟向外人說這種客套話。

下午，我們去上墳，爺爺和奶奶的墳在南關外，離城不遠的土坡上，周圍是一大片茂盛蒼翠的柏樹林，站在土坡上四望是蔥綠的麥田，幼時清明隨家人來上墳，上了墳就有上供的糖牌坊吃。車子出了南關，其實連城門也沒有了，哪裡還有南關。途中停下來，在一個個體戶的雜貨店買了炮竹和紙箔，所謂紙箔就是幾卷粗糙的草紙。坐在我旁邊的建運大表哥說，這幾年才又興燒紙。車子在公路旁邊停下來，四周是一片玉米田，大表哥說大概就是這一片了。路旁不遠有個賣茶水的小棚子，裡面坐著打赤膊的莊稼漢，我們走了過去，問這附近有沒有逯家的墳，他們都搖頭說沒聽過。

我們在玉米田的田堤上穿梭尋找著，最後衹好回到公路，選了個十字路口的地方，將那盤炮仗扯開，掛在路邊的楊樹上，燃著紙箔，大表哥說磕頭吧，我們都跪倒在地，大表哥嘴裡喊著：「姑老爺、姑奶奶，扶東、耀東大老遠來看您老人家了。」我抬起頭來，伯順表弟已將炮竹點燃。炮竹的響聲震徹了午後寂靜的田野，炙熱的陽光射在慘灰的公路上。慘灰的公路沿著兩旁的玉米田，直逼向藍天，藍天裡有幾卷沉默的白雲。一陣風來，颳得路旁的楊樹簌簌響，也帶起一陣地上的塵土，伴著炮竹的碎片，像無數白色的小飛蝶，在空中飄舞著。四野寂寂，那些在空中飛舞的白色小飛蝶，也漸漸在我淚眼裡越來越模糊了。

第二輯
梧桐雨

麥客

從西安到延安道上，車子馳騁在高原。雖然是個晴朗的六月天，也許高原的氣候比較乾燥，早晨的空氣非常清洌，一如江南林下湧泉似的滲心涼。路旁的白楊邐迤羅列伸向天邊。天是片湛湛藍天。藍天下是一望無際耀眼的金黃。現在正是麥子成熟時，層層疊疊的萬頃麥浪，在微風飄過後，輕輕盪漾著。

一路行來，常看見些戴著破舊麥稭草帽，身穿藍和灰衣裳，肩負著一個小小行李包的莊稼漢。他們六七個人一夥，迎面而來，在道旁緩緩走著。有時經過些小集鎮，也看到這樣的莊稼漢，一夥夥聚在集鎮街兩旁，有的蹲在店前簷下，默默吸著紙煙，有的在樹蔭下枕著行李包沉睡或眼翻著藍天，也有的站在街心和人比著手勢攀談著。一眼望去就知道他們都是外鄉人，暫時在這裡歇腳。不過，我心裡納悶，如今正是農忙時候，哪來這麼多閒人。

後來人家告訴我，這些人是麥客。他們都是陝甘邊區的莊稼漢。高原北面的收成比南邊晚，他們趁著自己地裡的莊稼還有沒熟的空隙，搭乘不同的交通工具，多是不用買票的貨車，來到高原的南端，幫人家收割麥子，賺些額外錢，補貼生計。一路由南向北收割，大約個把月的光景，就回到自己的家門，地裡的麥穗已累累垂地了。

麥客，乍聽起來，的確是非常江湖又詩意的名字。自古以來中國的莊稼漢，都固執地擁抱著自己的土地過活，除非萬不得已，他們是不會背井離鄉的。就像我路過黃土地的一個村莊，看到的那位老大爺那樣。他坐在老榆樹涼蔭下的石板上，身後是塊半塌的土牆，他微閉雙目默默地吸著旱煙袋，噴出的煙霧罩著他滿佈皺紋的臉，和滿頭蕭蕭的白髮。那層矇矓的煙霧，在午後的斜陽裡，輕輕悄悄在面前沉浮著，是那麼平靜和平淡。也許他多年來就寂寂坐在那裡，雖然日子過得不平和而且艱困，但卻被他熬過去了。

但麥客卻像候鳥，每年到了這個季節，一定的時間，一定的路線，在高原上往來穿梭。他們人在路上，路上卻是另一個江湖。他們將江湖風雨的點滴帶回家來，可以伴他們過一個落葉的秋，也夠他們回憶整個覆雪的冬天。等春天隨著田埂上的桃花再來的時候，一陣綿綿細雨後，柳絲也吐出了鵝黃、燕子回來翩翩在田裡青青的麥苗間，他們又伸出手指，合計著另一次江湖。江湖上雖然有風雨，但也有那串從他們身旁飄過的銀鈴的笑……

麥季又來了。麥客再上路。他們走在路上，風颳過道旁楊樹梢。麥客沉默的腳步，烙在他們去年的足印上，由北向南，再由南向北。

梧桐雨

雨已歇，夜已深沉。

我沿著這個城市一條不知名的街道走著，慢慢走著。兩旁路燈，從道旁梧桐樹葉叢中，照射下來，斑斑的樹影落在地上。放眼望去，一街樹影在八月的風中，緩緩搖曳著。我停下步子，抬頭望那燈影下掌大的桐葉。雖然我經過這裡許多城市，滿街遍植梧桐樹。但在人車喧雜裡，葉子壓著葉子，即使在晴朗的日子，也是灰朦朦的。

今夜的桐葉，在雨後的燈影下，一片綴一片的翠碧，竟是那麼鮮明。鮮明翠碧的葉尖上，還懸著顆顆晶瑩的雨珠。一陣風來，瑟瑟落下。落在地上，落在我的雙肩，還有幾滴清涼，滑過我的臉上。

我踩著一街的桐影走著，梧桐樹背後的千家燈火，俱已熄盡，衹剩下異鄉人孤寂的身影，在路燈下忽前忽後移動著。

這情景，依稀在哪裡見過的……

一雙十四五歲的孩子，也是在這個城市裡，卻不知在哪一個街角，匆匆聚首。其中一個寫信來，說他不久將經這個城市，乘船離去。另一個回信說，希望看看一位遠去朋友的尊容。於是，他們又見面了。默默在街角燈影下，默默相對，然後又默默相背離去。

他們相背離去，匆匆走開，也沒有回頭。待走了一段，他停下步子，轉頭望去。看見寂靜長街燈影下，一個孤單的身影，迅速移動著，越走越遠。然後，他抬起頭來，路燈伴著滿街梧桐枯禿的椏枝，跌壓在他身上。越過兩旁梧桐樹，再往上望，一條狹長的夜空裡，竟懸著一彎月亮，還有幾點眨眼的星星。一陣風起，吹動了滿街枯枝，也吹進他懷裡，他翻起衣領，轉過身去，縮著脖子繼續向前走。

那是個冬夜，一個深沉寒冷，又遙遠的冬夜。

海星樓上

再到澳門，再去舊碼頭，海星已經歇業了。但那塊白底紅字的小招牌，卻鮮明地留在心裡。

其實那祇是一塊白漆木板上，寫著「海星餐廳」四個紅字的招牌，而且字跡也不甚工整。但懸在這一排殘舊建築物的簷外，在暖暖的冬陽曝曬裡，卻是非常搶眼的。

舊碼頭曾經繁華過，那已是半個世紀前的滄桑了。也許那時海星就輝煌存在。如今夾在幾家鹹魚舖子之間，推開一扇小門，爬過陰暗的樓梯，餐廳不大，臨街的兩扇窗子透進一些陽光，和著牆上壁燈發散的黃色光芒，映著灰黃的牆紙。牆壁有幅褪色的油畫，畫框的金粉已經脫落。天花板懸著一個大吊扇，吊扇是黑色的卻沾著一層灰塵。餐桌也是黑色的，倒擦得非常明亮，桌上小花瓶裡還插著兩朵紅色新鮮的康乃馨。

老闆正站在吧檯後面清理水杯，大約六十來歲的光景，捲曲的灰髮，濃濃的眉毛，但鼻卻不高，是個中葡的混血。這裡出售的是葡萄牙的食品，菜單上有青菜湯、葡國雞、非洲雞、馬介休魚之類。雖然是吃午飯的時候，室內靜悄悄的，祇有三五個食客，靠吧檯的牆邊，坐著個微胖的葡國老人，白色的鬈髮，白色的虯髯，穿著一身整齊的灰色的西裝，項間繫著一條紅底白花的領巾，默默地將撕碎的硬麵包送到口中，就著青菜湯慢慢咀嚼著。

後來，又來了個葡萄牙青年，在那老人對面坐下，向那胖胖的老闆娘要了客燴馬介休。那青年默默地等待著，削瘦蒼白的臉上，露著新刮的青色鬍渣。那老人已經飯罷，從牛皮紙袋取出只青蘋果，又從身上取出一把小刀，削剖起蘋果來。老闆娘立即送上咖啡，還有一只盛蘋果的小碟子，那老人笑笑低聲說了句謝，他們彷彿是很熟的朋友了。那老人將蘋果剖妥切成小塊吃著，目光漠然地望著透過窗子的光線，那青年望著天花板等待著。這才發現這一老一少原來是一對陌生的異鄉人，像兩片被微風吹聚在一起的浮萍，暫時同坐在一張桌上，咀嚼著同樣的鄉愁，濃濃地，一如他們盤中的醬色。

牧蜂人

那年，行罷延安附近的所在，再折回西安，正是小麥成熟的六月天。車行塬上，穿梭在一望無際的麥田間，匍匐的麥穗，在徐徐的薰風中盪曳，翻騰著層層金色的波濤。浩瀚的金黃麥海，伴著高高的碧雲天，金黃與蔚藍相映，色調是那麼鮮明。路旁的白樺樹又在風中竊竊私語，似乎說收刈的麥客快來了。

車上倜坐半日，停下歇歇腳。下得車來，迎面而來的是個高原靜穆的黃昏。一輪渾圓的紅日，正緩緩沉入斷層峽谷對面的另一個麥海，西天燃燒起一蓬火紅的雲霞映著四周的麥海，還有峽谷中層層疊疊的黃土斷層，伴著自谷底浮起的暮色，整個高原融在一層濛濛紫色中，古往今來的紛紜和塵埃，剎那間都沉澱在亙古不變的沉默裡了。

也像往古一樣，谷底疏林環繞的窰洞，又升起縷縷的炊煙，在寧靜中冉冉上升，一如那條依附著黃土斷層，蜿蜒上升的黃土路，自谷底攀伸到塬上來。我隱隱看見那條黃土路上，有一個瘦小的身影在移動著。好一會，那瘦小的身影終於爬到塬上。原來是個紮著兩條辮子的小孩，還擔了兩桶水。

那小女孩來到塬上，將肩上的擔子放了下來，用手攏攏頭髮，汗水順著鬢角流下來，她又用紅色上衣的衣袖，擦抹臉上的汗，然後俯下身去手扶著桶沿，湊過頭去喝了幾口桶裡的涼水。我悄悄走過去，她喝罷涼水抬起頭來，發現我站在她身旁，笑了笑，露出兩排潔白的牙齒，一點也不怯生，是一種純真友好的笑。

那小女孩又站起身來，約莫十四五歲的光景。圓圓的蘋果臉，兩腮紅樸樸的，有一對明亮的大眼睛。「家裡？」我眼望著谷底問。她搖搖頭，用手指指路的那邊，我順著她的手望去，那邊路旁支架了帆布的帳篷，帳篷旁堆著一排排小木頭箱子。一路過來，常看到路旁有這樣堆著木箱子的帳篷，但不知是做什麼的。

於是，那小女孩擔著水向帳篷走去，我隨在身後。等她走近帳篷時，一隻大黃狗親媚地向她撲來，待牠發現女孩身後的陌生人，即立刻停下來向我狂吠。那大黃狗吠出正在整理木箱的主人。在帳篷旁，準備晚飯的婦人，也停下工作，從煙霧瀰漫中探出頭來，怔怔地望著我。

那男主人大概四十多歲，削瘦黝黑的臉膛上，刻劃了許多風霜的痕跡，他用毛巾搓著手，微笑著對我點點頭。我問他做什麼的？他答：「放蜜蜂的。」然後帶我走到木箱旁，啟開一只，箱內蜂巢中萬千隻蜜蜂鑽動，並且發出嗡嗡的聲音。聽他說話不是本地口音，他說他是浙江溫州來的。每年花開時節，離開家鄉，一路追逐著各地不同的開花時間，沿途放蜂採蜜，就地換錢，維持生計。來到黃土高原之前，正是雲南花開的時候，在那裡放了一陣子蜂，收成後又來到這裡。眼下這裡的花開得差不多了，準備明天搭運貨的回程車子去青海草原放蜂，現在那裡花正盛開。然後，他又笑著說，每年四月離開家鄉，開始放蜂的行程，由東南到西南，然後來到西北的黃土高原，青海是最後的一站，大概秋收時回到家鄉，再忙一陣子，就要過中秋了。

青海，是個遙遠的地方。但第二年的夏天，我探訪過敦煌、吐魯番，告別不毛的戈壁，然後由蘭州進入青海，再經毛兒蓋、松潘，自岷江源頭，順流而下到成都。一路穿山越嶺，曉行夜宿，又是大雨過後，橋塌路崩，確是一段非常艱辛的旅程。但青海大草原的那一段，卻是壯闊的。

車子在褐黃的峻嶺間盤旋而下，單調枯燥得緊，最後終於進入草原，正是微雨初歇的午後。雨後的清涼伴著滿眼的新綠，在面前展開來，除了我們車行的道路，像一條分劃草原的白線，筆直地通向遙遠的天際，剩餘下的就是無盡的綠色了，而那綠色的草原，在蔚藍的天空下，顯得格外深湛了。黑色的牦牛，和白色的羊群散在草原的坡地上，靜靜地啃著草，在牛群和羊群間，還點綴著幾座牧人的白色的蒙古包，環繞在蒙古包插著許多彩色的經幡，在風中招展著。

突然，我發現路旁有幾座帆布支架的三角形的帳篷，那帳篷和散在坡地上圓形的蒙古包不同，正是去年在塬上看到的那種，帳篷外堆著一排排的木箱，心中一陣欣喜，不由喊出：「牧蜂人！」也許我在塬上遇到的那個穿紅色短衫的擔水小女孩，和她的家人就在這裡，像草原牧人放牧牛羊一樣，在草原的花叢中放牧著他的蜜蜂。

後來車子停下來，在路旁的青草間，開放著叢叢紅色和藍色的小花，順手採了幾朵，細小的花叢間綻著黃色的花蕊，問同伴也喊不出花的名字，雖然不知這些花的名字，但我卻知道這些花，曾被牧蜂人的蜂群吸吻過的。一陣風來，紅色和藍色的小花，在風中飛舞著，在綠色的草原襯托下，顯得更嬌艷了。

風，在草原上迴旋著，也在西南的山地，西北的黃土高原迴旋著。牧蜂人在風裡，在花間飄流，離他們自己生長的土地越來越遠了。

哈蜜月

從吐魯番乘汽車到林園，轉搭火車去敦煌，已經黃昏了，我們這節車廂是臨時加掛的，從烏魯木齊開來。

隨車的列車長是個婦人，約莫三十來歲的光景。相貌平庸，闊扁鼻子厚嘴唇，大盤帽沿下，壓著兩道濃眉一雙大眼睛，背後還拖著條粗長的辮子，隨著她在走廊急促往來的步子，不停左右擺幌著。但像這裡所有列車服務員一樣，一臉冷漠，絕少笑容，也不言語。開車前給我們換了暖水瓶後，再也沒見她了。

車明天上午才到敦煌。於是，從行囊裡為在大陸行走特備的大洋磁缸子，下了茶葉，沏滿一杯，準備消此漫漫長夜。茶葉隨著沖下的開水舒展開來，在杯中沉浮，茶湯由青綠滲濈成褐黃。一如我倚床凝視的窗外戈壁，在晚霞裡一片無際的褐黃。戈壁盡頭的遙遠天際，落日餘暉留下的一抹淡紅褪去後，剩下的是幅遼闊的淡青。漸漸地那淡青又溶入四起的蒼茫暮色裡，轉瞬間天黑了下來。黑色的天幕上綴出點點繁星，隨著奔馳的列車，流星似的飛旋著。

多年在歷史中徘徊與尋覓，這一帶曾伴我渡過不少燈前的夜，論理說該是熟悉。但昨天午後登上沙丘，攀上廢棄的烽燧，舉目四望，四周的黃沙在燠熱的陽光下閃爍，白髮將軍仰天的悲嘆，守戍更卒在天田中的嗚咽，似乎都已遠去了。留下的祇有千古不變的塞上的風沙和黑夜。沒有想到塞上的夜，竟是如此空寂。隨著車輪在軌道上單調的聲響，突然一陣謫客的蕭瑟湧上心頭，沙風瘦馬戈壁道，真的不知何處是歸程了。

再回首車內，車廂裡暈黃的燈光，寂寂澹澹地照在同伴們疲憊的臉上，他們已入睡沉沉了，我啜了口茶，又燃著一支煙，藍色的煙氛在寧靜的室內，悠悠緩緩地飄浮著。透過飄沉的煙氛，我彷彿又看到來時路上，晌午的艷陽下，晴空無風也無雲，遙遠的地平線上，突然顯出江南的湖光山色，山巒隱隱，波光粼粼，還有垂楊的輕揚……是似江南，不是江南。就在是耶非耶的變幻裡，我沉入一個遙不可及的夢裡。……後來在一陣剎車顛簸裡醒了過來。望望窗外，天將破曉，月臺的站牌寫的是哈蜜。哈蜜是大站，將會停靠較長的時間。於是披衣而起悄悄啟開門，準備下車到月臺下走走。

下得車來，伸了個懶腰，一陣清洌的曉風撲面吹來，使我完全清醒過來。月臺悄悄，滿地銀白似霜。舉首仰望，一輪皎潔的明月懸在西天。我從來沒有見過這麼渾圓、明亮，而且又比往常大許多的月亮。月旁有三數顆星星相伴。在黑裡透藍的遼闊天空襯托下，那月亮和星星顯得格外晶瑩了。月光的清輝灑落下來，化作一層朦朧的銀屑，塗抹站臺外民居的屋瓦上。房舍間有幾扇窗子，已燃著早起的燈光。

我祇是個過客，偶然在剎那駐腳。浴沐在月光下，呼吸著四周陌生的寧靜，浸沉在異鄉的月色裡。下車的旅客不多，三三兩兩從我身旁嗎嗎而過。在旅客中有個婦人牽著個孩子，在我前面不遠停下，那婦人蹲下身子給孩子整理衣服，又用手帕為孩子擦臉。彷彿又在叮囑些言語。那孩子揉著惺忪的眼睛專注地聽著。最後那婦人站起身來，將手中一包似點心的紙盒子，遞給那孩子，並且輕輕拍著他的背，示意那孩子向月臺出口處走去。那孩子走到出口的地方，轉過身向婦人揮手。那婦人向前行了幾步停了下來，擺手叫孩子繼續前行，她望著那瘦小的身影，消逝在出口處的柵欄間。

最後，那婦人轉過身來，竟是我們的列車長。她看到站在她身後的我突然一怔，然後想起我是她車上的乘客，便說：

「我孩子，八歲了，三年級，去看他姥姥。明天我再過這裡，帶他回家。一個人還是第一次……」

她說著笑了起來，月光映在她臉上。有一雙閃亮的眼睛，笑起來嘴微微上翹，露出潔白整齊的牙齒。沒有想到那張平庸的臉，在月光下變得如此嫵媚美麗。也許每一個母親都是這樣，在說到自己孩子時，都是很美的，尤其在這樣寧靜皎潔的月色裡。

秋迴

那次去杭州，正是中秋過後，重陽未至的金風送爽的季節，空氣中飄盪著秋天的幽香，那是桂子花開的芬芳。

後來車子穿過龍井，在滿都壟停下，已是黃昏時分。落日的餘暉，將群山環抱的天空，抹染得青裡透紅。下得車來，陣陣濃郁的桂香襲人。雖然西湖道上，遍植桂花，但這一帶山谷裡的桂花林，綿延數里，「滿壟桂雨」也是杭州的一景。

桂花林中設有茶座，簡單的板製桌凳散置桂花林下，牽扯在桂花枝頭的電燈，已在暮色蒼茫中燃亮，映著枝上密密結結金色銀色的花蕊。花下坐定，金色銀色的花雨，靜靜悄悄地飄灑下來，滿桌滿地盡是落花，身上沾的也是小小的花蕊，有些更跌落在剛沖泡的龍井茶湯裡，黃色的落桂和淡綠的茶葉共沉浮，花香和茶的清幽溶在一起。一陣涼風吹來，萬朵花蕊在燈影下飄舞，真的秋已在我身旁靜靜迴旋了。

第二天黎明，踩著昨夜的落葉，閒步花港公園，呼吸著清冷但非常新鮮的空氣，秋意就更濃了。那清冷的空氣似乎是熟悉的，使我想起兒時故鄉秋收後的田野。園裡靜悄悄的，連那成群結隊爭食的魚，也還沉在池底沒有醒來。隔池的一塘殘荷，飲了一夜西風，醉得東倒西歪。池旁的楊柳像初醒的臨鏡少女，垂著頭任秀髮披散著。池水平靜無漪，池中的長廊，池水對面的亭臺，還有亭臺旁那行隱隱的樹，都被一層淡淡的寒煙籠罩著，朦朦朧朧的，真像一幅筆觸輕恬的水墨畫。……

秋，在這裡靜止住了。

寒春

再去杭州，是早春的二月天。

雖然，人們還沒有除下寒衣，但湖畔的楊柳已吐出了鵝黃。新發的嫩芽，附在低垂的柳枝上，千萬條柳絲伴著湖濱的人來人往，飄蕩在寒風裡。是的，春天來了，祇是來得太喧嘩，在這人聲吵雜的西湖邊上，被擠得了無詩意。

倒是第二天早晨，在綿綿的冷雨裡，撐著傘沿白堤到西泠去，一路行來冷冷清清，湖上也沒有遊船。一湖黃濁的湖水，被淒風苦雨吹打著，不時泛著白色的浪頭。湖中的小瀛州、湖心亭被層雨簾隔著，也顯得淒淒迷迷了。這時的西湖倒是很美，寧靜中透著幾許淒婉。

當我經過斷橋時，突然發現堤旁有幾株早綻的桃花，於是跑了過去。這些年在香江過年，歲末趕花市，也會買支桃花回來，插在客廳裡應景。但那些桃花都是人工催養的，在不該開花的時候開放了，病病慵慵的沒有一點生趣。不像這幾株含苞欲放的桃花，嫣紅的蓓蕾依在褐色的枝椏上，被春雨刷洗得格外嬌艷，還含著顆顆的雨珠，是那麼嫵媚動人。我默默端詳著，也許這就是春天，被我遺忘了很久的春天。

晚上在旅寓，臨窗再望雨中西湖。在湖濱的路燈，和湖邊茶座彩色的小燈泡明滅裡，依稀看見湖上的湖水，和湖旁的柳絲在寒風裡翻卷著。偶爾有輛公車蹣跚駛過，濺起的水花，頃刻又平靜了。

雨順著窗子的玻璃淌下來，像串滴不完的淚珠，西湖一片濛濛，我沒有望鄉的惆悵，卻有孤客飄零的悽清。

船過水無痕

接到電話，說德齡已經走了。我楞坐了許久，然後取下眼鏡，揉揉濕潤的眼，對在旁的妻說：「德齡真的走了。」是的，德齡走了，我們的朋友鄭德齡終於走了。

德齡七年前突然得了腸癌，這些年來前後開了十二次刀，每次開刀都是面對死亡的大手術，是一般人難以承受的。所以，我說他是個勇者，才擔得起這麼大的痛苦。每次創口未癒，就掙扎著站起來繼續工作。因為他認為自己為時不多，沒有時間可供浪費。去年暑天，連續又開了三次刀，自此再沒有站起來，祇有靜靜躺著，靜靜等待死亡。面對死亡，是件很困難的事。尤其德齡行醫四十年，活人無數。最後自己卻像支風中的燭火，任燭涕流盡，燭焰慢慢熄滅。尤其他是個醫生，對自己的病情瞭如指掌，現在卻祇有躺著，等待著，無助無奈，其情何堪。

這半年多，我幾次南下高雄，探視躺在病床上的他。手上甚至還握著一張去高雄的機票，隨時準備奔喪。每次去探視他，心中都非常沉痛，彷彿是最後的訣別。在那間開刀房恢復室，臨時為他改成的病房裡，窗簾緊閉，室內昏暗。他沉重的呼吸伴著急救儀器的聲音。我靜靜坐在床邊，默默看著沉睡的他，有時他醒來看見我，低聲說了句：「你來了。」然後從被單下伸出手來，握著我的手，拉我靠近他，說了些話，都是交代後事的話。我祇有點頭說，我知道或好的，你放心。再也說不出一句安慰他的話。

後來再去，他更虛弱。他祇是用拇指在我手臂上揉擦，似乎還有什麼話想說，但卻沒有說出來，又沉沉入睡。我看著他略帶浮腫的臉，和一枕散亂的頭髮。後來他醒了，眼睛凝視了我一會，牽動著嘴角，終於迸出了一句：「胖子，船過水無痕呀！」

胖子，是我們相交四十多年，德齡對我的暱稱。我們定交，他是在國防醫學院，我是臺大的學生。然後從水源地的療養小樓、廣州街實習大夫的竹屋、住院醫師的紅樓，看著他從醫學生成為醫師的艱辛歷程，後來外調榮總，又出國進修，一去五年，回來見到我第一句話說：「苦呀！常常七十二小時不闔眼。」但他已學成，成為國內感染科的拓墾者。

德齡得病突然，立即開刀，很快康復，並進行化療。當時我在香港，有天晚上，他電話給我，說想吃新鮮山楂。香港國貨公司有山楂糕和山楂片，卻沒見過新鮮的山楂。想是德齡化療，口中無味，才憶起兒時在東北故鄉吃的那種果實。我當即回答：「行，我找。」因為我正有大陸之行，行程是上海、蘇州、南京，也許可以找到。所以每到一地，就託朋友找新鮮的山楂。

後來又到揚州一遊。看罷史可法祠的臘梅，再遊平山堂。當我從平山堂要往瘦西湖時，突然看到山坡上有個賣糖葫蘆的。一個莊稼漢模樣的青年人，扛著根紮著草把子的竹竿，草把子上插滿串串糖葫蘆。我欣喜地走了過去，那青年莊稼漢說：「買不？」我搖搖頭，指著糖葫蘆說，我要製糖葫蘆的山楂。那青年的莊稼漢驚訝地望著我，然後說家裡還有幾斤，他回去拿。說著他又遲疑，我會意說：「糖葫蘆交給我，全買。」一共六十多串，我付了錢，約定在瘦西湖前門相候，那青年莊稼漢喜孜孜地奔下山去。於是我抗著糖葫蘆緩步下山，回頭一看身後竟多了十來個賣糖葫蘆的，央著我也買他們的。他們跟在我背後，排成一串，那時正是冬日的午後，暖暖的冬陽映得串串糖葫蘆鮮紅晶亮。後來到上海，連我的和朋友買的山楂，合起來有十多斤，只有選大個的帶回來，立即託機場的朋友運回臺北，心想夠德齡吃一陣子了。

不久，我又到臺北，德齡已經上班，像往常一樣，約我早晨去看他，先抽血檢驗，然後去北投喝豆漿、吃燒餅油條。吃罷早點，我們閒步到北投公園。那是個早春晴朗的二月天，湛湛青天，沒有一片雲彩。微風拂著柳絲，有些微涼意，真像北方的初秋，乾淨清爽。我們檢了張石凳子坐定。「你開刀，老太太知道嗎？」我問。「怎麼能讓她老人家知道，掛念！」德齡說。

談到老太太，德齡的臉立刻沉鬱下來，眼茫然望著前方。我知他又在想遙遠家鄉的老娘。過去當學生時，逢年過節酒後總嚷著要回去看他老娘，眼淚在眼眶裡打轉，最後廢然嘆了口氣說：「怕今生今世無法見到我娘了。」德齡對他母親除了思念，還是思念。不過，後來他們母子終於在香港會面了。那時還沒有開放探親。德齡電話告訴我們，老太太要南來香港，要我們為他準備。為了便於照顧，就在距我們宿處不遠的女青年會先訂房間。午晚兩餐在我家吃。德齡先一天從臺北趕來，興奮得快一夜未眠，不時笑著對我說：「胖子，這不是在做夢嗎！」

在香港會親的兩個星期，可說是德齡一生最愉快的日子了。依偎在母親身旁，成了個會撒嬌的孩子。時時說他兒時的趣事，問他娘還記得否？老太太是位通情達禮的人，早年教過小學。東北淪陷後被掃地出門，帶著五個年幼的兒女，住在村頭的牲口廄裡，卻堅毅地將五個孩子教養成人。說到當時辛酸，他們母子相對而泣。老太太已年七十五，按規定可以來臺就養。德齡希望接他娘到臺灣來，不過，老太太還有其他的顧慮，幾經波折老太太終於答應。不過，後來老太太顧慮的事卻發生了，祇有再回東北老家去。德齡對此一直無法釋懷。那天，我再去探視他，坐在他床邊，德齡突然說，剛剛夢見老太太了。要侍候在旁的孩子文凱，去將老太太的照片取來，放置在他枕邊。但老太太不久前剛過世，還沒有告訴他。難道他們母子連心，老太太竟入夢相見了。

接著德齡說，這次手術開得深，拿得很乾淨。不過，背後還有三個陰影。他說：「我是醫生，我知道背著這三個陰影，像背了三個定時炸彈。所以，我還得再開一次。」我回香港不久，他又做了第二次手術。慶幸的是，那三個陰影是良性的。他又說：「我當然了解這種病，像掃秋風中的落葉，無法完全掃盡。不過，一個療程是五年。希望用這最後的五年，做些真的事。」他所說的事，是他已奉派籌建高雄榮民醫院，他準備努力做好這個工作。我說：「我不管你真的事假的事，你身體撐得住嗎？」最後，他苦笑說：「五年，我想大概五年還可以撐得住。」

等我從香港再回臺大教書，德齡已經投入他說的那件「真的事」了。先是南北奔波，後來就住在工地督工了。他說他要在這塊荒蕪未闢的土地上，蓋一座最乾淨的醫院。我知道他說的最乾淨何所指，那就是每個錢都花在該花的地方。所以，他事必親躬，但心情卻很愉快，身體也很健朗。他曾得意向我說：「我要醫院乾淨，我自己也乾淨，八十億從我手上過，我是清潔溜溜的。」最後乾淨的醫院終於在他清潔溜溜的手中建立起來。醫院開幕後，他約我們去參觀。他帶我們到各處參觀，雖然我對醫療設備不懂，但從他的解說裡，我知道這裡的一磚一瓦，一草一木，都灌注了他生命最後的鮮血，他已經和這所乾淨的醫院融而為一了。後來參觀員工的幼稚園和托兒所，從那些天真無邪的眼睛裡，從他們童稚而歡樂的歌聲裡，我突然發現德齡的生命沒有浪費，生命雖止於有限的自身，但生命的意義往往是永恆的。

最後帶我們去參觀醫護職工宿舍，在新建大廈環抱裡，有三幢建築漂亮的小洋房閒置著，德齡說這是院長副院長的宿舍。我問：「你怎麼不搬過來住？」德齡說：「我能嗎？我住了將來變成喪宅，以後誰還能住。」德齡就是這樣，一生處處為人著想，從不願意麻煩人。所以，他一直借住醫生宿舍的一個單位，平時吃飯在餐廳，即使手術後祇要能動，就掙扎著自己下點餃子或煮點麵，從不勞人照料。他以醫院為家，逢年過節獨自留守，但心情卻是孤寂的。

他常常來臺北開會，都是獨來獨往，開完會就連夜趕回去。有次他打電話給我說，過天來臺北開兩天會，準備在我家住一晚。我們立即上街買床，安置妥當，晚上德齡來了，換上為他準備的睡衣，倚躺在客廳的沙發上。那一晚，我們聊了很多，聊到他的病，聊到在故鄉的老太太，還聊到一些我們想到的朋友們，一時興起，他竟喝了半小杯陳高。後來妻找到一隻蕎麥皮的枕頭給他，他抱在懷裡，笑著說：「嘿嘿……，好多年沒枕過了。」那夜他無拘無束，非常愉快。夜半，我悄悄推門看他睡得安否，見他枕著蕎麥枕頭深深入睡。也許正透過蕎麥皮的沙沙聲，在夢中又回到家鄉，騎馬馳騁在故鄉遼闊曠野，和著風中路旁楊樹的蕭蕭，鞭指自己的家門，家門前有倚閭盼望的白髮老娘。……

此後，這張床就為他準備著，逢開兩天會的時候，就來過夜。不然，就在一塊吃晚飯，然後再趕回高雄。都是德齡先電話通知想吃些什麼，我們吃過他想吃的白肉血腸酸菜火鍋，牛肉泡饃，郁芳的鍋貼和拌麵，天然臺的連鍋羊肉，吃的都是些鄉曲里味。有時也會帶一包老馬的窩窩頭和芝麻醬燒餅回去，我常常送他到機場，在機場我們拍拍肩膀，他就轉身上了電動梯子，看著他單薄的身影，在梯子上搖幌著，心裡就有一陣難抑的酸痛。

現在，德齡走了，德齡真的走了。妻含著滿眼熱淚，站起來幽幽地說：「德齡走了，床再也不會睡了，拆了吧。」我隨著緩緩起身，無言地跟在她背後，走向德齡曾睡過的房間去。

這瓶無法共飲的酒

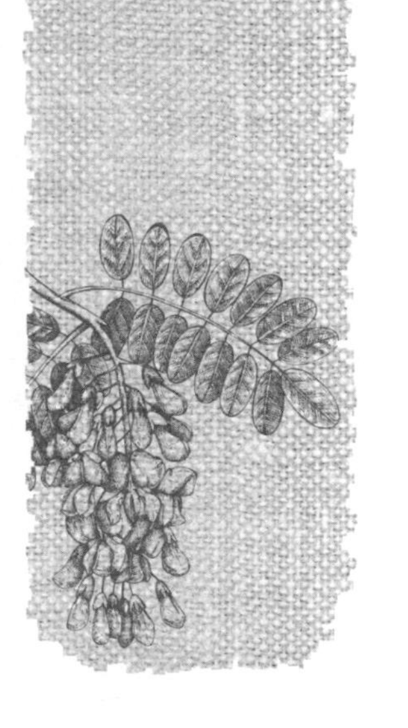

我在芳園點了幾樣菜，又要阿芳添了一副盅筷。然後啟開這瓶黑色鑲金邊、綴著梅花的威士忌。酌滿對面的空杯，再為自己倒滿。舉起空杯，對那空置的位子說：「萬家茂，這是你的酒，我敬你一杯！」

我一飲而盡，又把那杯無人喝的酒潑在地上。接著我就罵了起來：「萬家茂，你渾蛋，你怎麼能死？你怎麼忍心死?!」

店裡有幾個客人正歡樂地低酌淺飲。門外計程車拖著正午直射的陽光，疾馳而過。這世界還像往日一樣，但萬家茂卻死了。雖然，我喝的這瓶酒，是萬家茂留下的，我吸的這半包長壽也是他剩下的。但我卻不肯、不願又不忍相信，萬家茂真的走了。不過，萬家茂確實真的走了。對生命熱愛，對生活又不肯屈服的萬家茂，就在那個颱風夜，隨著掀窗拔樹的怒風泣雨，突然走了。像他這樣平和的人，為什麼選這麼一個憤激、淒厲的時辰走呢？難道他心中真有萬千無法訴說的怨嗎？這個世界怎麼搞的，該死的不死，不該死又不能死的竟死了。

上午，我們趕到南港中央研究院宿舍弔唁，這幢房子我是熟悉的。當時萬家茂為了怕打擾鄰居，選了最靠邊的一幢，經過十年的蟄居，庭院裡的柳樹已碧絲披地了，門前幾棵如他所說象徵著他生命韌力的木瓜樹，雖經過一夜風雨的蹂躪，仍然挺拔在燦然的陽光下，但他自己卻去了。進得門來，室內仍一如往昔那樣簡單，祇是再沒有他呵呵的笑聲了。我環顧四周，問壁上那幅萬家茂畫的油畫哪裡去了？說是被他自己刷掉了，我茫然對著那塊像牆壁一樣白的空白木板，心想他似乎不該如此自謙，他的生命並非是那麼空白的。但人已去了，還有什麼可說的。

我默默地撫摸著爬在籐椅上孩子的頭髮，那孩子仰著頭對我微笑。那笑容也是我熟悉的，就像萬家茂無可奈何自我解嘲的笑一樣。連一聲節哀保重也沒有說，就告辭了。臨行，家茂嫂把一瓶酒送到我手上，說萬家茂那天晚上買來還沒有喝的。接過酒來，我再也忍不住強忍的滿眶淚水流了下來。也許家茂嫂還不知道，這瓶酒真是萬家茂買來和我共飲的。雖然他也常常借酒澆愁，但自己獨飲卻捨不得買這麼貴的酒。

從香港回來，就和他聯絡。但他原來的電話號碼改了，輾轉找到新號碼，第二天晚上接通了，彼此嘲弄一番後，然後互道近況，最後約定了這個晚上，再約幾個老朋友聊聊。這幾年雖身繫異地，一有空就回來過幾天，和些老朋友聚聚，萬家茂就是其中的一個。而如今我懷抱著他留下的這瓶酒，但把盞言歡之約已無法再踐了。我順手從桌上拿了他未抽完的半包長壽，放在袋內，我們有許多共同的嗜好，煙酒也是其中的一種。

八號那天早晨，接到朋友的電話，說萬家茂過去了。我們剛通過電話不久，他的笑聲還縈繞在我身旁，怎麼可能呢？於是便打電話到他服務的動物所，又打電話到他家裡，終於證實了這個不幸的消息。

「是的，老包真的去了。」老包，是我們一伙朋友，這些年來對他的暱稱。放下電話，我對坐在旁邊焦急等待的太太說。說罷，我已淚盈滿眶，太太更掩面悲泣了。萬家茂是我的朋友，又是我們共同的朋友，算起來已經三十年了。當年他和我太太是國防醫學院的同學。我們在黃昏的水源地散步的時候，常常在河旁的竹林，遇見推著腳踏車蹣跚而來的萬家茂。後來，他因受不慣軍事生活的約束，自動放棄讀了四年的醫科，又重考入臺灣大學動物系，他自我解嘲說：「既不能為良相，就為良醫。良醫做不成，祇好與禽獸為伍了。」也許自我解嘲，就是這些年來生活在逆境中，解除內心積鬱的唯一方法了。因為不願親人和朋友為他分憂，一切的苦痛都自己忍受了。就像他初到美國讀書，經濟的窘苦、異鄉的孤寂，遠甚於今日的留學生。他來信卻說：「這裡空氣新鮮，時時漫步在森林中。」我知道他說的是自己的個子矮，行走在高大的美國人之間，猶如漫步在森林中。

萬家茂個子不高，胖墩墩的，有一頭濃密的天然鬈髮。他重做大一新鮮人時，我已大四了。我喜歡摸著他的頭髮向人介紹：「新毛頭，這是新毛頭。」他總是笑著說：「嘻嘻，拿你沒辦法，真拿你沒辦法。」

等我畢業受罷軍訓，在臺北附近飄泊了一陣子，再回到臺北的時候，這個新毛頭又快畢業了。我問他畢業後的打算。他說：「考研究所，醫學院的。」我想當年從沒有動物系畢業，改考醫學院研究所的，勸他不妨再有個第二計畫。他說：「沒有第二，祇有第一，總該有人先開始的。」結果他考取了。他進了研究所後說，人家都說醫學院是峨嵋山的金頂，爬到金頂看佛光，也不過如此。

他在醫學院研究所的時候，我在一家書店工作，這是我們最接近的一段時間。有時他常到書店來翻翻書陪我值班。那時我們剛結婚，住在一個貧民窟裡，房子雖是一樓一底的違章建築，但樓上抬不起頭來，祇好搭地鋪。樓下僅有籐椅兩把，竹凳一張，可以稱得上四壁蕭條了。他做完實驗，就會自帶便當到我們家來共餐。飯後各據一張籐椅，比賽讀武俠小說，看誰讀得最快。後來我們的武功練得不錯了，覺得這個武俠我們自己也會寫。於是我們自寫自讀。他說既可寫武俠小說，就可以寫武俠散文。

於是我寫了一篇〈過客〉，投到一家現在頗有名的報紙的副刊，很快就被退回來了。事隔多年，一個雜誌來約稿，我將文章重抄寄去，後來這篇文章，竟使我得了個散文金筆獎，扯出一個《那漢子》來。萬家茂就是《那漢子》第一個讀者。我當時曾說將來如果能印成書，就先送給他。

有時，他實驗沒有做完，我也會到實驗室去陪陪他。他做的實驗我不懂，實驗室昏暗的燈光下，躺著一條開了膛破了腦袋的狗。他說這就是他的碩士論文：就是那麼一句話，一條神經接在另一條神經上，會加速心跳，但卻要殺很多條狗。狗的胸膛隨著小馬達單調的聲音起伏著，我們坐在另一張實驗桌，一面拍著蚊子，一面等待狗斷氣。他不時走過摸摸狗的鼻子，回過頭來對我說：「快了、快了。」等狗斷了氣，我們湊湊身上的錢，到衡陽街街邊小攤上，切一點豆腐乾豬頭皮，喝一瓶特級清酒。

我總覺得他實驗室的日子太單調、太枯燥，現在如此，將來的日子更是如此。他多才多藝，能寫、能畫、還會拉鋼鋸琴。在中學時代就以「金流」的筆名寫詩。我對他說：「看樣子，你已幹定殺雞屠狗這一行了，何不寫個『屠夫手記』，調劑調劑生活。」他呵呵笑了。他也對我說：「你也不能迷在一劍光寒十四州裡了，總該混個出身。」剛好香港新亞書院在臺招生，我有意試試，他比我更起勁，為我到學校申請成績單，又為我的研究計畫找打字行，在申請截止的那天晚上，又陪我匆匆到郵局投郵。後來，我僥倖錄取了，準備起程的時候，那邊的生物系有意請他去任教。他頗動心，不僅是為工作，還有其他的理由，後來沒有去成。我想如果當時他去了，縱使沒有今天的學術成就，但卻可以落得個安定的生活。生活在這個年頭，能有個安定又安靜的生活，也就夠了，還有什麼可求的呢。難道這就是命嗎？那麼，萬家茂的命也真夠苦的。

等我從香港回來，不久，他也帶著妻女從美國回來了。我在臺大找到了棲身之地，他進了中央研究院動物所工作，一面又在臺大醫學院兼課。不幸的是他第二個女兒誕生後，竟是個弱智的低能兒。太太又有病不能持家，他必須內外兼顧，有時更父兼母職。我們除了有時中午匆匆一聚，很少再有長談的機會了。因為他必須趕回家料理一家的起居。但我從沒有聽過他一句怨尤，祇像一隻負荷過重的駱駝，沉默地在無垠的沙漠裡跋涉著。

這幾年我作嫁香江，每次回來，祇要大家能湊得出時間，總設法聚聚。前年，國際內分泌會議在香港召開，他出席並發表論文。但因入港手續的延誤，他到香港時會議已近尾聲了。我在機場接他，他見面就說：「會開不開沒關係，我們可以聚聚。」的確，他在香港停留了

三天，該是我們多年來的一次歡聚了。我櫥中存酒不少，我們每夜煮茶把盞，抵膝共話家事國事天下事。當然，對國事天下事，我們雖關心卻無能為力。但提起他的家事卻更淒愴。他說不久前，他的二女兒腦部感染了細菌，昏迷在醫院裡。他夜夜守在床邊，等待她恢復知覺。但他又必須為參加一個國際會議趕寫論文。他說：「我白天要做實驗、上課，祇有在晚上伏在她床邊趕寫論文，我實在支持不下去了。但我告訴自己，你不能倒下去，這樣撐了一個多月，老二恢復了知覺，我的論文也趕出來了。」他又說：「我不能死，死不起，至少要比你們多活廿年。」但是，最後卻支持不下去了，竟這樣匆匆走了，留下他放心不下的妻子，兩個女兒，一個沒有長成，一個完全不能照顧自己，還有個牙牙學語的稚子，和一個殘破蕭條的家。

今夜，原該是我們約定歡聚的日子。晚上我抱著這瓶我們無法共飲的酒，找了個飯店喝了。然後，又抱著這瓶殘酒，踉蹌地走出飯店。林蔭大道上，竟有當頭的明月，才想起明天就是中元，萬家茂你在哪裡？你在哪裡？

中元晨三時寫在旅店中，面對著這瓶殘酒。又補記：家茂死後半年他太太也墜樓身亡了。

暫時忘了的籍貫

大概是六月某天，午後。迅雷、悶雷、滂沱雨，紫藤廬外，靠著幾把滴水的傘。梅新姍姍來，來談香港去後的文學。然後，天然臺把盞，我手中是金釀，他舉杯是烏龍，褐色的液體在燈光下晃動，映著他的臉。我問：怎樣？他說：還好。

我們在街燈下握別，竟是永遠。雨乍歇，夜已闌，車輪疾馳過，濺起的水花閃在彩燈裡，他說要去巴山聽雨，大理看花。誰料到，最後卻轉側石牌，終於在空著一欄的履歷表上，填下他暫時忘了的籍貫，走了。

梅新的〈履歷表〉開頭就說：

籍貫：
這一欄空著先別填
因為一時想不起來
但我確定我是有籍貫的
只是暫時忘了

忘了自己的籍貫，剩下的祇有飄泊。飄泊，本身就是沉重的負荷。即使窩在安靜溫暖的室內，也是個痛苦的經歷。梅新的詩，通透、純淨、語帶自嘲的無奈幽默。翻過來看，字裡行間，隱隱透著飄泊的蒼涼。

因為暫時忘了自己的籍貫，使他無法在時間與空間的座標上，穩定下來。因此，無論東西南北，都無法確定「中國的位置」；即使爬上古城牆推下一塊秦磚，也無法肯定「中國起義的時間」。於是，梅新成了傳統上的江湖客：

割脈管而歌
為長江水唱一支調情的歌

你從江南來
馬嘯長城外
積雪積霜的路
靜靜地雪溶給草鞋看

於是，梅新成了夜臥孔廟門前，頭枕賣唱吉他的流浪漢，他貼耳傾聽：

但孔廟徹夜響著
孔子的藤杖
和孔子的腳步聲
一步一咳嗽
一步一嘆息

不過，梅新暫時忘了自己的籍貫，卻難忘：

剪下的臍帶
立即被凍成了冰塊
落在地上還會擊出點點寒光

因此，他不停尋找母親的微笑。然後，將母親那張模糊的舊照片，放大，放大，放大成一張壁紙，「裝潢一屋母親的微笑」。

初識梅新，二十五年前。我去接編一份雜誌，他原先就在，坐在那裡，冷漠相我。但那冷漠卻滲著沉沉的積鬱。後來熟了，才知道那積鬱竟是濃濃的鄉愁。梅新少小離鄉，飄萍無寄，如雷馬克所說：「沒根的生活，是需要勇氣的。」是的，梅新曾沒根生活過，勇敢地生活過，曾掙扎著生活過許多艱辛。

第三輯 春自北京來

中國，中國人的中國！

北眺長城，南顧海峽，放眼世界，祇要有陽光照耀的地方，就有中國人。雖然，今天的中國人由於不同的原因，被分隔在不同的地方和環境裡，用不同的辭彙，過不同的生活，受不同的意識形態所影響。但不論有多少的差異，卻都肯定自己是一個中國人。

一個今天的中國人，即使是一個最普通的中國人，雖然微不足道，但卻都是由數千年文化孕育而成，不是任何外在力量所能改變的。因此，個人的尊嚴，自由的生活方式，獨立的思考與判斷，是我們最基本的權利，是不容被忽視，被剝奪的。

中國，是中國人的中國。因此，對中國所發生的一切問題，每一個中國人都要負全部的責任。今日的中國正遭遇許多困境，而且有許多情況又在迅速轉變中。明日的中國又將何去何從？這是每一個中國人都想問、想知、更想設法解決的。為了尋找這個答案，為了將來建立一個更自由、更進步、更和諧、更現代化的中國社會，重估過去的中國，檢討現在的中國，策進將來的中國，不僅是應該，而且也是必須的。

因此，《中國人》月刊是為中國人創辦的。不論現在你在哪裡，祇要你是中國人，都希望你能為中國和中國人，說出想說、該說的話。但這些話卻不是為某一個政權，某一個特定的階級，某些人的特權利益說話。因為我們認為任何政權，即使「萬歲」，最後還是歷史過渡的符號。某一個階級，某一些人祇是中國人的少數，都不能代表整個的中國人。我們要說的，該是為整個中國與中國人所說的話。

從那個悲慘的時候

我的家在東北松花江上，
那裡有森林煤礦，
還有那滿山遍野的大豆高粱。
我的家在東北松花江上，
那裡有我的同胞，
還有那衰老的爹娘。
「九一八」、「九一八」，
從那個悲慘的時候，

脫離了我的家鄉，
拋棄那無盡的寶藏，
流浪！流浪！
整日價在關內流浪，
那年、那月，
才能夠回到我那可愛的故鄉！
那年、那月，
才能夠收回我那無盡的寶藏！
爹娘啊！爹娘啊！
甚麼時候，才能歡聚在一堂！

這是「流亡三部曲」的第一首歌。

在抗日戰爭中成長的青少年，誰都會唱這首充滿悲傷的歌（第二、第三部就更激昂慷慨了）。我會哼這首歌時，還是個不認得字的胖娃兒，由我那不認得字的娘伴著唱，現在我已是頭髮花白快半百的人了。隨著時間的流轉，我們漸漸淡忘了這首歌，但由於日本人最近提起這件事，把「侵略」改成「進入」。當然，日本隨便「進入」中國，這也不是第一次了。因而又使中國人，重新記起了「那個悲慘的時候」。

那個時候豈止悲傷而已。對中國的記憶而言，也不是用悲慘二字可以形容的。最近這裡的電視和報刊上，常常出現這些慘不忍睹的鏡頭或圖片，昨天一個助教到我研究室談些別的事，臨走時將他手裡拿的一本《日軍暴行錄》給我，說這是最近印行，通街都有得買，要不要留下看看。我擺了擺手，說，不了，我小時候就看過，現在不忍再看，看了會更難過。是的，這本《日軍暴行錄》，我很小時候就看過的，事隔四十多年，我還鮮明記得裡面那些悲慘的鏡頭，幅幅都是用中國軍民的鮮血塗抹而成的。在抗日戰爭中，我除了見過漆著太陽旗的日本飛機扔炸彈，沒有見過日本「皇軍」。等我真正見到日本皇軍時，他們已經投降，扛著掃把為中國人民清掃街道。但八年中國軍民流的血，八年深植在中國人民心中的悲慘記憶，卻不是他們可以清掃乾淨的。因此，我看著他們扛著掃把，列隊從我身旁走過，我就會想起那幅他們將我們的嬰兒拋到半空，用刺刀刺穿的照片。聽著他們的皮靴踏過鵝卵石的街道，我彷彿可以隱隱地聽到，被活埋在地層下，我們同胞最後的微弱呻吟……

更不幸地，我唸的竟是歷史，現在讀的教的又是歷史，不時就會翻到這幾頁，這種痛苦的記憶立即呈現在眼前。有次我教中國近代史，一位朋友介紹了位日本學生來旁聽，我說，我講的這段歷史，他們聽起來會不順耳的。不過，他還是來了，於是我就開始講日本第一次「進入」中國的甲午之戰。這一戰雖然打了沒有多久，我卻講了兩個多月。那位日本朋友要比現在日本文部省的審查官心胸寬多了，兩個多月就坐在最後一排靜靜傾聽，我給他算的這部帳。後來，每年還寄張聖誕卡來。所以，這部血帳，大多數的日本人還是認的，祇是我們自己，不是人家提起倒忘懷了。

不過，現在他們卻要賴帳了，並且大言不慚地說進入，是進入還是侵略，留待後世論定。事實上，所謂論定，無須留待後世，他們早就有肯定性的結論了，既非進入，也不是侵略，而是非常乾脆的「佔領」。如一九七〇年，我到日本京都的一個研究機構去掛單，在那裡飄零了近一年。常常走過柳絲低垂的鴨川，到三條大街的小酒館，借他人的酒杯澆自己的塊壘。有次看到一個酒醉的日本人，在街的轉角處當眾方便，在他方便處不遠豎著一個石碣，我經過時瞟了一眼，上面赫然鐫著「昭和某年某月某日上海佔領」字樣。後來走到每一個街的轉角處，就注意尋找，陸續發現了一些這樣類似的石碣，上面都是刻著「昭和某年某月某日」，下面則是南京或武漢佔領等等。這是他們在所謂「聖戰」中，每佔領一個中國大城市，所樹立的勝利紀功碑，我想在日本其他城市，一定還有類似的碑碣。看著這些勝利紀功碑，我腦海裡立即出現了一幅這樣的圖像，那就是一伙「皇軍」擁在中國的城頭或高坡上，高舉著槍，槍上插著刺刀，刺刀上挑著太陽旗，正為他們的勝利雀躍歡呼。是的，這是他們的聖戰，但在他們為聖戰的勝利而歡呼的時候，也許他們的刺刀或軍服上，所沾的中國人民的血跡還沒有乾呢！

所以，侵略或進入祇是戰爭的開始，佔領中國才是最終的目的。這個問題雖然是歷史的，但這個問題卻是由日本明治維新以後，所制定的歷史教育政策逐漸形成的。談到日本的歷史教育，在日本明治維新的江戶時代，武士弟子所受的教育以漢文為主，主要的歷史教材，是以《春秋左氏傳》，《史記評林》，《十八史略》的中國史書為基礎。至於他們自己的歷史，在幕府末期才增入《日本政記》，《皇朝史略》，《國史略》，《日本外史》等。不過自明治五年公佈新學制，於是日本有了近代的學校，在學校開授歷史課程。因此，歷史教育成為陶鑄日本國民思想與意識的模式。從明治初年到日本戰後的八十年間，日本的歷史教科書雖然有幾度的改變，但明治十二年所頒佈的〈教學敕語〉，認為歷史教育的目的，是為了尊王愛國與人民意志的培養。於是「皇統無窮，國民勇武」，就成了日本歷史教育的主要目標。在明治三十六年一月，日本的國定教科書，由文部省首次公佈出版以來，日本文部省一直掌握日本歷史教科書的審查權。後來大正九年對歷史教科書又再審定發行，又稱為「國史」，這次的國史是以歷史人物為主體的，選定了四十個歷史人物為主體，教育日本兒童，希望他們從幼年開始對自己的歷史人物敬仰，而激發他們的國家思想，振作國民精神。

但在本質上，還是在於強調天皇尊嚴與國體的特質。這種歷史教育指標繼續發展，因而有昭和十五年「徵明國體」的歷史教科書的出現。這種教科書的基本精神，在於加強大日本帝國萬古不易的國體，天皇萬世一系的觀念。於是日本國民，在東亞與世界領導地位的「自覺」，舉國一致扶翼「皇軍」的狂熱極端情緒鼓舞下，開始對中國有計劃的「進入」了。

所謂對中國有計劃的「進入」，是明治維新既定的大陸政策的持續發展。「大陸政策」，也就是以朝鮮半島為跳板，蠶食滿蒙，攫取華北，最後佔領全中國。和「大陸政策」同時進行的是「南進政策」，即以臺灣為跳板，進佔新馬及東南亞，「大陸政策」與「南進政策」的完成，最後就是「大東亞共榮圈」的締結。大陸與南進政策的跳板，在甲午之戰後已經取得。其他的計劃要等「從那個悲慘的時候」開始進行。為了配合這個計劃的完成，除了歷史教學外，歷史研究也是非常重要的環節，本世紀初日本相繼出現了許多滿蒙史的研究的專家，像白鳥、羽田、箭內都是傑出的學者，他們研究的成果，當然是為這個計劃所用。至於「南進政策」，臺灣大學前身臺北帝大裡的「南洋史研究室」，就是當時研究基地，裡面的確收藏了許多珍貴的資料。當年我在研究室用的桌子，就是「南洋史研究室」留下來的。

因此，日本要進入中國，要佔領中國，冰凍三尺非一日之寒了。據說當年小孩睡在搖籃，搖籃上面就掛著一幅中國地圖，準備讓他隨手去抓的，彷彿它是垂手可得之物。

祇是這個大東亞共榮圈的迷夢，被美國的原子彈粉碎了。戰後，盟軍統帥部統治下的日本，為了清除日本軍國主義的遺毒，制訂了對日本歷史教科書審訂的原則。特別是將極端對天皇的崇敬，與對日本軍國主義的剷除，而對新價值觀念的肯定，和對民主精神的發揚儘量的發揮。因此，促使了一部份歷史工作者對於過去歷史教育的反省與檢討，如船山謙次的《日本戰後教育史論》，松島榮一《關於戰後文教政策轉變的歷程》，佐藤伸雄《戰後的歷史教育運動》，遠山茂樹的《戰後的歷史學與歷史意識》，這些著作不僅對過去的歷史教育提出了批評與反省，同時探索將來歷史教育應走的途徑。因此，這個時期的歷史教科書雖然表現了高度的民族精神，但並不諱言日本軍閥侵略的暴行。不過，盟軍統帥部的努力，並沒有徹底剷除軍國主義對歷史教育的影響，家永三郎的《新日本史》事件，就是一個非常鮮明的例子。

家永三郎是日本教育大學的教授，一九五二年，以市面流行的戰前寫的通史為基礎，並參考戰後七年歷史研究的成果，編寫成高等學校社會科教科書《新日本史》，送呈文部省審查。而審查意見認為不合標準，不予通過。後來家永三郎提出複審，才倖獲通過出版。到了一九五五年，家永三郎的《新日本史》，遵照文部省的規定，修訂送審，至一九五七年文部省又發出不合規定的審查書，認為《新日本史》沒有肯定日本祖先過去的努力成果，未能提高日本人民的民族自覺與民族感情，脫離了日本歷史教育的目標。其後家永三郎根據文部省的審查意見，提出反駁與修改，最後終予通過使用。一九六〇年，日本文部省公佈改訂高等學校教育綱領，家永三郎的《新日本史》，根據綱領修訂再度送審，文部省以原稿選擇材料欠缺正確性為由，不予通過。後來經家永三郎與出版該書的三省堂，與文部省審查單位交涉，一九六四年終於獲得有條件的合格，卻附三百餘條修改的意見。

一九六五年六月十二日，家永三郎向東京地方法院提告訴，控告文部省審查教科書違憲。這是家永三郎與文部省的著名訟案，前後歷時近十年，一九七四年七月十六日，最後判決，除了對原告提出文部省過份介入，賠償十萬日圓，根本上肯定國家的教育權力，當然包括歷史教科書審檢權在內。關於這次的訴訟資料，已出版了《家永・教科書裁判》十九冊，宇野精一負責的教科書協會，也主編了《歷史教育與歷史教科書爭論》，家永三郎自己也寫了《教科書訴訟十年》。這件訟件不僅反映了歷史教科書作者為爭取歷史寫作的權益，與文部省審查教科書主管單位之間的爭議，同時也表現了日本文部省保守勢力頑強。

事實上，有濃厚軍國主義傾向的保守勢力，一直盤據在日本文部省的審查單位。最初審查家永三郎《新日本史》不合格的是村尾次郎。村尾次郎是平泉澄的追隨者。平泉澄是戰前東京大學國史科的講座教授，是日本軍國主義史觀的創始者。他所提出的以天皇為中心的歷史觀點，在中日戰爭爆發後，在意識上支持了近衛內閣侵略野心的擴張。戰後，平原澄發表了〈國體與憲法〉，公然要求恢復明治欽定憲法，否定戰後的憲法體制。並且更批評了根據戰後憲法編寫的歷史教科書。為了實踐他的歷史觀點，而編寫《少年日本史》，主要的內容是塑造日本建國神話，傳播以天皇為中心的史觀，肯定大東亞戰爭。村尾次郎在戰時做過平泉的助手，所以與平泉澄的歷史觀點是一脈相承的，不僅過去，現在更是這樣。這次負責修改歷史教科書的主任審查官是時野谷茲，就是由村尾次郎提拔起來的，東大國史派的門徒都是平泉澄的人，已在文部省擔任了九年的歷史教科書的審查工作。據說村尾次郎和時野又是朱光會的會員，朱光會的組織綱領就是「信奉天皇中心主義，基於皇道完成人格」，所以，在這種情形下，日本文部省將「侵略中國」改為「進入中國」，就不足為奇了。

事實上，日本戰後軍國主義的遺毒，不僅沒有剷除，並且根深蒂固地存在著。三島由紀夫的死，就是一個顯明的例子，他的小說《憂國》裡的那個中尉，就是狂熱的天皇的崇拜者與日本武士精神的化身，同時也是他自己的影子。

七〇年我在京都，正遇到三月的櫻花季，我的宿處近疏水，疏水兩岸櫻花怒放似錦，卻沒有擁擠的看櫻人，每天早晨我都踏著滿地的落櫻，沿著寧靜的疏水漫步。櫻花落在水裡，悄悄地隨逝水飄去，我不知道為什麼這個國家要選櫻花，作他們的國花。這種花不僅會使人產生一種飄零之感，而且又有悲劇的氣氛。也許正因為他們無法握著永恆的事物，衹有在霎那流失裡塑造自己，往往會不自覺地將現實誤認為永恆。因此，他們喝酒，酒後狂歌，甚至切腹，多少都有無法自我肯定的悲劇傾向。但他們卻往往將這種悲劇加諸在別人身上。因此，後來我再經過三條，看到那昭和某年某月某日的石碣，我有一腳踢翻它的衝動！我不會忘記從「那個悲慘的時候」開始，我們的民族曾經歷了一場空前的災難，我們都會記得這場災難是誰造成的！

桃花源裡偷雞

前些時，這裡的三聯書店，出版了一本巴金的《隨想錄》。巴金的《隨想錄》在這裡《大公報》副刊斷續刊載，三聯出版的《隨想錄》，將已刊的三十篇，結為一集。其他的仍陸續發表，現在正發表的，是他以魏京生那個雜誌《探索》為名的一篇文章。所以，有人開玩笑說，巴金還在不斷「探索」。不過，巴金的這本《隨想錄》可能是中國大陸作家，被允在海外發表文章，而且又在海外結集出版的第一本。

對於巴金的作品，我年少時曾經迷過。從《家》開始，經歷了《春》、《秋》，陷入《激流》中，然後又穿過《電》和《雨》，跌落在《霧》裡。記得三十年前，我因犯了思想問題，下獄。審問我的那位先生問我曾讀過些什麼書，我想了半天，回答的就是這幾本書。但是，後來我到此地，再重讀他的《三部曲》，已無法卒讀。也許那時自己已經長成，無閒情再留戀青杏年紀的小兒女事了。同時也覺得他的語法太西化、太累贅。順手拾他《雨》中的一句：「一個熟悉的女性聲音先進了房間，然後他們才看見慧的披藍花格子布短衫掩著的健壯的身子」。這樣的描繪我們現在已不再用，可是卻是三十年代作家慣用的。也許這是我不能再重讀他舊作的原因。

不過，他的《隨想錄》卻「進步」多了。這部書——如果將來還繼續出版的話，可能是他所有著作裡最好的一部。因為他已洗盡了文藝腔的鉛華，而且說的都是真話。他自己也很重視這本書，將它視為「遺囑」。他在《隨想錄》的後記說：「古人說：人之將死，其言也善。我過去不懂這句話，今天倒很欣賞它。」又說：「過去我吃夠了『人云亦云』的苦頭，這要怪我自己不肯多動腦筋思考。雖然收在這裡只是『隨想』，它們卻都是自己『想過』之後寫出來的」。這本《隨想錄》不僅是他自己想過的，也是他這些年親身經歷與體驗過的。他在〈把心交給讀者〉裡，就說：「我要繼續寫下去，我把它當作我的遺囑寫」。既作為遺囑，交代後事時，就必須真切。因此，這本書裡有許多相當大膽的「揭發」。表現了一個知識分子，這些年來被污辱，被損害的心路歷程。

最近這一兩年來，中國大陸常派一些老作家出來搞「友誼的海洋」，這是巴金《隨想錄》

裡一篇文章的名字。巴金自己就曾去過法國。他們說話都多無顧忌，也許正如巴金過去在《電》裡所說的那樣：「我知道我活著的時候不多了，我應該活它個痛快。」他們都年逾古稀，過去已受夠了，而且以後來日也無多，還不如趁他們還談得動的時候，把那些過去曾「欺騙他們的，壓迫他們的，剝削他們的痛痛快快地說個清」，這是一九四九年流行的〈茶館小調〉裡的一句詞。

前些時，到美國「愛吾華」開會的蕭乾，從美國回來，經香港，在進入大陸的前一天，舉行了一個小型的座談會。蕭乾像尊彌勒佛似的，笑瞇瞇地坐在那裡侃侃而談，他就明白指出，過去大陸前十七年靠著俄國，後十年的文革，搞的都是反右，這幾年開始反左了。他這樣說不顧在旁「陪伴」他的畢朔望。不過當時畢朔望把頭靠在椅子上睡著了。後來陳若曦過港告訴我，他太胖，就是那樣，在「愛吾華」開會時也常睡覺。也許畢朔望正是巴金所說的，「這裡也有活動，那裡也有活動」，「沒有作品」的作家。關於這一點，畢朔望自己也承認他是一個沒有作品發表的新進的「老作家」。這是他睡醒了以後自己說的。他過去曾經擔任中共駐印度大使館的一等祕書，後來因為搞男女關係，被戴上帽子。「別看他那麼胖，風流著呢！」告訴我畢朔望經歷的朋友這樣說。後來翻譯主席的詞成英文。現在還有個弟弟在中共聯合國代表團工作。難怪我除了發現他愛睏，煙癮很大——向我討了幾根。渾身上下找不到一點文藝的氣氛，原來他是「搞」文藝的，不是寫文藝的。

不過，蕭乾似乎並不怕他，後來我向蕭乾提出一個問題，說你們文藝界最近常提出突破禁區的問題，如愛情禁區等等，但突破的都是大框框裡的小框框。那麼，留下的大框框該如何突破？他一聽笑了起來，他知道我說的大框框是指什麼。他回答說：現在許多禁區都突破了，一切慢慢來，將來會有大膽的去突破的。我膽小不會主動突破，但有人突破，我也會跟著走。

巴金的《隨想錄》也是這樣，雖然他對自己過去的遭遇充滿不平與憤怒。但是他卻不會主動去突破。他說「我是不敢向『長官意志』挑戰的。我的文集裡雖然沒有遵命文學一類文字，可是我也寫過照別人的意思執筆的文章」（〈遵命文學〉）。這對過去堅信「夢想消滅壓迫和不平等」的巴金來說，是無法忍受卻又不能不忍受的。他在〈再訪巴黎〉中寫著：

「我確喜歡巴黎那些名勝古蹟，那些出色的塑像和紀念碑，它們似乎都保存下來。偏偏五十多年前有一個時期，我朝夕瞻仰的盧騷的銅像不見了。現在換上了另一座石像。同樣的盧騷，但在我眼前像座上的並不是我所熟悉的那個拿著書和草帽的『日內瓦公民』，而是一位書不離手的哲人，他給包圍在數不清的汽車的中間。這裡成了停車場，我通過並排停放的汽車的空隙，走到像前。我想起五十二年前，多少個下著小雨的黃昏，我站在這裡：向『夢想消滅壓迫和不平等』的作家，傾吐我這樣一個外國青年的寂寞痛苦。我從《懺悔錄》的作者這裡得了安慰、學到了說真話。」

經過了二分之一世紀，巴金再舊地重遊，除了不勝滄桑之外，對自己過去在盧騷像下學到的「說真話」，卻在這半個世紀來，尤其這三十年來，說了多少不是真話，而感到懺悔呢。關於這個問題，巴金自己回答了，他《隨想錄》第三十一篇〈豪言壯語〉裡，就承認他自己說過不少不是真話：

「最近我們討論過『歌德』和『缺德』的問題。我對『歌德派』說了幾句不太慕維的話。我經過思考之後講話的，因為我過去也是一個『歌德派』。我最近看了我的《爝火集》的清樣，這是我三十年來的散文選集，讓我女兒和我女婿替我編選，他們挑選的文章並不多。可是我校樣時才發現集子的前半部都是『歌德派』的文章，而且文章裡充滿了豪言壯語。單單舉出幾個標題吧！『大歡樂日子』，『我們要在土地上建立天堂』，『最大的幸福』，『無上的光榮』……」

當時說了這麼許多的不是真話。事實上，那個天堂不僅沒有在「我們的土地」上建立起來。並且曾把「我們的土地」變成了「地獄」。巴金自己也曾從這個地獄穿過，而且在穿過地獄的時候，喪失了那雙曾陪伴了他三十多年的「一雙美麗的大眼睛」——也就是他的妻子蕭珊。在他現在出版的《隨想錄》的第一集中，〈懷念蕭珊〉該是一篇最充滿感情的文章，這篇文章是蕭珊病逝六週年紀念日寫的：

「我站在死者遺體旁邊，望著那張慘白的臉，那兩片噏下千言萬語的嘴唇，我咬緊牙齒，在心裡喚著死者的名字。我想，我比她大十三歲，為什麼不讓我先死？我想，這是多麼不公平！她究竟犯了什麼罪？她也給關進『牛棚』，掛『牛鬼蛇神』小紙牌，還掃過馬路。究竟為了什麼？理由很簡單，她是我的妻子。她患了病，得不到治療，也因為她是我的妻子。想盡辦法一直到逝前三個星期，靠開『後門』她才住進醫院。但是癌細胞已經擴散，腸癌變成了肝癌。」

蕭珊病重的時候，巴金正在五七幹校，後來蕭珊住院，巴金在旁伴她，他說「她非常安靜，但並未昏睡，始終睜大兩隻大的眼睛。眼睛很大，很美，很亮。我望著，望著，好像在望快要燃盡的燭火。我多麼想讓這對眼睛永遠亮下去！我多麼害怕她離開我！我甚至願意為我那十四卷『邪書』受到千刀萬剮，只求她能安靜地活下去！」最近這裡出版的《八方》，載了一篇李黎在上海訪問巴金的記錄，巴金說他在寫個長篇，暫時定名「一雙美麗的大眼睛」，寫一對知識分子在文化大革命中間的遭遇。他所說的「一雙美麗的大眼睛」，也許就是蕭珊「始終睜大兩隻大的眼睛」。

當巴金穿過地獄的時候，不僅無法保護他自己的妻子，連自己家養的那隻小狗「包卜」也無法保得住。這隻小狗是一個朋友送給他們的。在他們夫婦受苦的時候，這隻小狗常常伴著他。但晚上紅衛兵來抄家的時候，「包卜」常常圍著籬笆吠，因而被提了警告。後來他無法處置小狗，只好送到醫院裡，當作動物實驗給解剖了。他對這件事感到很羞恥，感覺像出賣了一個忠實的朋友那樣。這篇文章不在三十篇之內，深深地震撼了我。

在李黎的訪問記裡，巴金說運動太多了就人人自危，人在運動中就是保護自己。因此，他慨嘆說，秋瑾被人殺了還有人收屍。現在一個人說有罪，誰都怕，朋友都跟他劃清界線，沒有人來仗義執言，沒有人出來辯護一下。經過這三十年不斷的鬥爭，他說中國過去知識分子很講氣節，現在的氣節，都在搞「改造」時，「改造」掉了。現在最怕的就是這個，沒有氣節。朋友都靠不住了，誰也不找誰。所以他提議現在應該有點人道主義。有了人道主義，很多人不至於活活的沒有什麼罪名就被打死，也不至於活活的就開追悼會。

無可否認地，五四以後的知識分子，有浪漫主義的色彩，都很熱情，理想的成份很重，看巴金過去的小說也是如此。他們的許多作品，只提出問題，但卻沒有解決問題的辦法。如果有，也在遙遠的天際，存在一個不可觸摸的桃花源中。那個桃花源就是他們過去幻想的社會主義的天堂。但桃花源是生於亂世之中的陶淵明，所創造的理想境界，那個境界是可望而不可及的。因此，當「社會主義天堂」降臨以後，所有的問題不僅存在，而且變得更不堪。關於這個問題，巴金在五〇年代初期已經發現了。所以他說：「夢的確是好夢，但夢醒之後，我反而感到了空虛。」他的桃花源夢是怎樣醒的呢：

「五〇年代初期我還住在淮海坊的時候，……有個親戚在鄉下買了一隻雞送到我家來，我妹妹打算隔一天殺掉牠。㚻母把牠放在院子裡用竹籠罩住。第二天傍晚，我同我女兒和小外孫女在院子裡散步，還看見樹下竹籠裡有隻雞，我們沒有想到把雞關到廚房裡去，……我夜裡做了個沒有『大漢輕輕叩門』的好夢，真正到了『當今世界如此美好』的『桃花源』。太好了！醒來時心情萬分舒暢，走下樓，忽然聽說雞給人拿走了，我當然還不相信，因為我還沉醉在『桃花源』的美夢中，可是雞卻不會回來了。給偷走了雞，損失並不大，遺憾的是這以後我再也不好意思做美夢了。」

「桃花源裡偷雞」，的確是煞風景的事，沒有想到巴金竟熬了快三十年，才在他《隨想錄》裡，一吐為快，他是有很大的容忍性的。不知這三十年來，對他自己四十五年前，《愛情三部曲》作者的自白中，所說的：「幫助美國獨立的托馬士・陪因說過：『不自由的土地是我的國土』，這比較說『自由的土地就是我的國土』的弗蘭克林更了解自由了。」的體驗又是如何。

春自北京來

寒風吹，民主牆下春意濃
春意濃，天安門前刺骨風

當北京的政治氣候變得蕭殺、冷酷，當《中國人權同盟》及《中國人權》報的主要負責人任畹町（新聞報導作任萬定誤），繼《探索》雜誌的魏京生，以及民權運動的積極分子傅月華被捕之後，九份北京青年中國人辦的雜誌，和一份人權宣言十九條，向我們透露了「北京之春」，尚未歸去。

這些北京青年中國人創辦的雜誌，雖然在中國之外，被稱「地下雜誌」。但事實上，他們辦的每一份雜誌，都有一定的編輯宗旨和政策，一定的編輯人，一定的編輯地址和聯絡處，以及一定的公開發售的定價，並且正式向中共中央宣傳部，北京公安局提出註冊申請書。因此，在這些條件和情況下，北京青年中國人所創辦的刊物，就不能稱為「地下雜誌」了。祇是這些刊物都是油印的，發行的數量有限，在北京之外流傳的範圍不廣。在中國大陸之外，更難讀到這些「莫謂書生空議論，頭顱擲處血斑斑」的議論。

雖然這些刊物的形式不一，但是所表現的理想和目標是一致的。那就是《中國人權》第二期封面上所寫的：「為自由民主，平等人權，為中華民族進步、繁榮，公民們，團結起來奮勇前進！」因此，在自由民主、平等人權的基礎上，開始向權威挑戰，《探索》的發刊聲明，就明白的表示：「既不承認某種理論是絕對正確的，也不認為某些人是絕對正確的」。所以《探索》號外的社論，堅決地說：「這場民主運動的目的就是在否定毛澤東式獨裁專政的前提下，進行一場社會制度的改革，使中國能在民主的社會環境中走向生活和生產的發達。這種目的不是某些人的目的，而是中國社會發展的趨勢。誰看到並同意為達到這個目的而努力，誰就站在了歷史潮流的前面。誰反對並阻礙達到這個目的，或用欺騙等方法把這場運動引入歧途，誰就是歷史的罪人；誰鎮壓這場真正的人民運動，誰就是名副其實的劊子手。用不著等待歷史裁決，人民心中的法庭馬上就會判定他的罪行。這種判決是最嚴厲的，不可更改的判決。這個法庭的力量可能因為暫時力量對比的懸殊，而不能馬上顯示出來，但歷史的力量證明它是無敵的。」

向權威挑戰的目的，正是《四五論壇》第四期〈致讀者〉所說，為了「衝破一切思想禁區，追求真理，探索道路，為民主而鬥爭，為健全法制而鬥爭，促使上層建築和經濟基礎的不斷變革，在本世紀末實現四個現代化」。最後，達到《新天地》發刊詞所說的：「使我國人民的社會生活別開生面，出現真正的人民民主的新天地」。到達這個「新天地」的境界，雖然還有一段艱困的歷程。於是這些中國青年人辦的刊物，擔負起鼓手和喉舌的雙重任務。所以他們說他們的刊物「應當永遠紮根於人民之中，永遠站在真理和正義一邊。當前，首要任務是履行憲法規定的，人民有權監督和管理自己的國家，為民主、法制、變革而大聲疾呼」。

這些刊物可以說是中共建立政權三十年來，除了黨的報刊以外，中國大陸所出的民辦刊物。也是這三十年來除了黨的聲音外，所聽到的中國人民真正的聲音。創辦這些刊物的人平均年紀在二十五六之間，他們都是在中共建立政權後誕生，在無產階級教育教養下成長，就是過去毛澤東所謂，用紅線貫穿站穩無產階級腳跟，屬於中國新社會上午九點鐘太陽類型的青年人。但他們為什麼突然提出這樣強烈的意願和要求呢？

當然，這不是偶然的。這種強烈意願在一九五七年鳴放期間已經開始醞釀了。在鳴放運動期間，不僅使高級知識分子爭鳴，同時很快地就感染了青年，在許多青年的爭鳴聲中，喊得最嘹亮的，該是人民大學法律系四年級學生林希翎（程海果）了。她當時在北大與人大的辯論會上，公開要求中共要除官僚、宗派、主觀主義的三害。她原來認為社會主義的社會的人應該是民主的。可是她所體認的都是「這裡」並不民主。因此，她說：「共產主義在革命大風暴裡和人民在一起，當革命勝利了他們爬上了統治的地位，就要鎮壓人民，採取愚民政策，其實這是最笨的方法！」最後她說：「我們青年長個腦子是幹什麼的呢？難道讓人家牽著鼻子走的嗎?!我們要說話！」

雖然，林希翎所說的話，有某種程度感情的憤嫉，但卻明白表示中國青年長了個腦子，有自己獨立的思考和判斷，是不能讓人家牽著鼻子走的。直到一九六六年，震撼人類靈魂深處的無產階級文化大革命發生後，中國的青年在鬥爭中學習到經驗，他們不再像林希翎那樣感情激動，在鬥爭中磨鍊得更冷靜了。所以，湖南「省無聯」的頭頭，長沙第一高中一年級十八歲的楊曦光，在他的〈中國往何處去?〉裡，這樣說：「革命還是何等不深入，還處在何等低級的階段，而革命人民的政治思想的成熟程度是與這種不高級革命階段相應的。也是不成熟的。」雖然革命不深入，革命人民的政治思想不成熟；但在革命鬥爭的過程中，青年的中國人已吸收了豐富的鬥爭經驗，使中國革命進入了高級的階段。所以，楊曦光說：「由於鬥爭實踐了豐富的經驗和進入了高級階段。中國革命人民的政治思想也進入了高級階段，革命人民在實踐中逐步開始懂得什麼是革命；怎樣革命，革命鬥爭開始自自發進入自覺，必然進入自由。」魏京生的〈第五個現代化〉就發表在這一期上。

這種自發、自覺的革命鬥爭，由於革命的情勢變得複雜與詭祕，隨著青年的中國人上山下鄉漸漸潛沉了。那些在革命鬥爭被迫退卻的青年中國人，祇好自我解嘲地喊出：「革命死了，革命萬歲！」因此，經過這次實際的革命鬥爭以後，長期來毛澤東在他們心目中形成的如同真理化身的偶像，經過這次革命鬥爭而崩潰了，形成他們精神世界的真空。這種失落的迷惘與悲哀，充份表現在脫離革命，逃到香港青年中國人的意識中，在他們自己集資出版的《敢有歌吟動地哀》中，就這樣說：

「文革宣告結束，青年萬念俱灰。這一回，新的空虛使他們結合起來，他們的愛含有補償和報復的意味，是極熱烈是傷感的。」所以，這些以前在革命鬥爭的青年人「幻滅，空虛，被解除了思維的權利，被推到黑暗之境，失去了一切價值觀念——尊嚴成了最可笑的詞語，而卑污，猜忌，殘忍，虐待快感，惡癖都全無意識地滋長氾濫，借助個別人的劣根性和多數人的麻木……但他們是無罪的」。

雖然，他們感到幻滅的悲哀，但經過一次理性的反省，新的中國一代都在沉默地跨過屍體之後，突然長成了。因此，他們說：「真的革命在假的革命中潛伏而誕生，自然馬上被扼殺，接著黑暗，無聲的扼殺。他們背叛了自己，革命背叛了革命。理想的旗子被人扔掉，另一些人拾起來，最後又扔掉……而跨過革命屍體而前行的是新生的一代。超越的要求越來越煎熬這一代青年，他們是歷史的目擊者與參與者。他們又忍受命運驅使要面對未來的審判。這是可悲呢?!抑是可幸呢?!」

雖然連他們自己也無法判斷到底是幸還是悲，但這群跨過革命屍體沉默前進的新生一代，經過這次實際的革命鬥爭磨練，漸漸成熟了。這個中國新的一代，後來形成了李一哲大字報所謂的「新興的社會力量」。這股新生的社會力量都是些「不畏虎」的青年中國人。他們並非是「不畏虎」的兇殘。甚至可以說，他們都是「被那動物吞噬過一回，但終於咬不住，吞不下的餘生者。臉上留著爪痕，不是漂亮人物」。

這些被虎吞不下的餘生者，就是李一哲大字報所說的新生社會力量。這種新生的社會力量形成的群眾基礎，雖然沒有完成無產階級文化大革命的任務。但卻在無產階級文化大革命中，鍛鍊了自己，解放了自己的革命民主精神，不再是阿斗。他們要求繼續革命，要求社會的民主與法制，要求保障人身的權利……於是他們又從鎮壓下爬起來，準備作一番苦鬥。

一九七四年十一月十日，貼在廣州的北京路口，寫了七十六張白紙，兩萬多字的李一哲大字報，總結了以往青年中國人鬥爭的經驗，另開了新的鬥爭道路，開始向中共中央與即將召開的四屆人大，進行新的挑戰。坦率地提出「要法制；不要禮制；限制特權，保障人民對國家和社會的管理權，鞏固無產階級專政，制裁反對派，落實政策，各盡所能，按勞分配」六點要求。最後還說「正如一個南方水鄉的客人來到沙漠中才覺得水可惜一樣，文化大革命中人民群眾的民主權利也遭到剝奪的時候，才感到民主權利的可貴」。

從林希翎的除「三害」，楊曦光的「中國往何處去」，到李天正的「李一哲大字報」，以及魏京生的〈第五個現代化〉，青年的中國人在不斷的革命鬥爭中，漸漸成熟了。最後在摸索中，尋找著他們真正的需要，那就是他們長久被剝奪的民主、法治與人權。一九七六年清明時節，天安門外，人民英雄紀念碑前，終於揭發出「中國不再是過去的中國，中國人民不再愚不可及，秦皇的時代已一去不返了！」不是偶然的。從去年十二月北京西單民主牆出現的大字報，發展到今天北京青年中國人所創辦的雜誌，就是在這個基礎上積累而成的。這是中國人自發性的醒覺，絕不是什麼外國「人權」刺激影響。

不過，這些北京中國青年人現在所提出的要求，比過去更強烈、更具體。但他們要求的目的，也是非常純正的。《民主與時代》的發刊詞就這樣說：「歷史在發展，社會在前進。在新的歷史條件下，人民要民主，要民主建國已成為不可抗拒的歷史潮流，不發揚民主，不保障人民的權利，不搞民主建國，是不會把任何一個國家建設得昌盛的。而作為一個公民，要民主，要人權的目的應該是為了建國，是為了整個民族的繁榮昌盛。」這些北京中國青年人創辦這類雜誌的目的，祇是希望將來的中國，轉變為一個繁榮、昌盛、民主的中國。

他們的要求僅此而已，是非常單純正確的。祇是他們年輕、血氣方剛，有時，言論過激了些。因而在某些地方觸怒了當權者，對這些雜誌加以限制，並且逮捕了這些雜誌的負責人，認為他們所作所為，不僅是違反社會主義的利益，甚至於是反革命的。不過，對於「民主」，即使中共中央也無法否定的。華國鋒在紀念「五四」六十週年大會的講話，就說：「沒有人民民主，就沒有社會主義，就沒有四個現代化。」也就是社會主義必須建立在民主的基礎上；民主是四個現代化的先決條件。

一個民主與繁榮的中國，是每一個中國人共同期待的。因此，作為一個中國人，作為一個中國的知識分子，我們非常高興看到從北京傳來的中國春天消息。我們更關切那些製造北京春天的年輕中國人。不論我們現在在哪裡，祇要我們是中國人，我們都會珍惜這株在中國自己土地茁長的民主苗芽。我們更鄭重要求中共當局不要踐踏了這株，經過百餘年，中國人民忍受著屈辱、悲痛，用血淚灌溉的幼苗。

不論將來中國的政治的情勢如何轉變，我們相信這些在北京如雨後春筍的青年中國人自己創辦的雜誌，祇要堅持自己尊嚴的民族立場，不乞求任何「外援」，繼續發行下去，必定在現代的中國發生一定的影響，並且對未來的中國有更深遠的影響。

三家村裡錯幫閒

時報出版公司印行了我的一本《中共史學的發展與演變》。在這本書的扉頁上，我特別寫著：「謹以此書獻給——三家村裡，死去的兩條漢子：吳晗與鄧拓」。

雖然，「三家村」的另一條唯一還活著的廖沫沙，也深通歷史，寫過不少以歷史掌故為題材的小品。可是，對中共史學的發展與演變，並沒有實際的影響。但吳晗與鄧拓卻不同，吳晗是研究明史的專家，早年一篇〈論金瓶梅的社會背景〉，已轟動士林。在他沒有當官以前，一直在歷史教學與研究的崗位工作。後來他受到姚文元批判，而揭開文革序幕的那本《海瑞罷官》歷史劇，實際上是中共「史學革命」，關於中國歷史人物評價問題的延續。鄧拓曾參與三〇年代中國社會史大論戰，後來一直從事新聞工作，但卻出版過一本《論中國歷史幾個問題》的史學論文集。其中〈論紅樓夢的社會背景和歷史意義〉，是引起中共歷史工作者，對「中國資本主義萌芽問題」討論的重要論文。所以，吳晗和鄧拓對大陸史學的發展與演變，都發生過影響，而且又堅持歷史是一個客觀的存在。

現在吳晗和鄧拓死了，「三家村」裡祇剩下廖沫沙，一個人孤獨地活著。最近這裡報紙刊出一篇〈訪廖沫沙——「三家村」唯一的倖存者〉。透過這篇訪問記，可以知道這個「唯一的倖存者」大概的情況。

廖沫沙一九七八年三月，才從「外地」一個林場「回來」，也就是說這些年，他一直在江西山區一個林場勞改。回來時身體狀況非常不好，立即住進朝陽醫院，到現在還留在醫院裡。廖沫沙在林場勞改的時候，他一家五口，都因「三家村」受到株連，他太太陳海雲被下放到五七幹校勞改，大女兒在一九六八年大學還沒畢業，就被下放到山西一個縣的農機場當搬運工，二女兒被下放到黑龍江農村插隊落戶。他的小兒子今年二十二歲，文革初期，還是個孩子，這些年來「身心也受到損害」。廖沫沙雖然一家四處淪落，但比起吳晗和鄧拓，廖沫沙說：「至於說到我的一家，妻子兒女都僥倖活了下來，總是不幸中的萬幸，比起鄧、吳兩位亡友來，我們是幸運者」。

是的，廖沫沙比起鄧拓和吳晗，的確幸運得多。一九六六年文革剛開始，鄧拓就死了。

林默涵寫《三家村札記》重版的序言裡，說「我永遠不能忘記，在一九六六年五月的一次會上，宣佈鄧拓同志的死耗時，我心頭感到的傷痛」。林默涵過去和廖沫沙是同事，他回憶說：「前幾年，我們被四人幫流放到一個地方，相距咫尺，卻無法見面。」

鄧拓幸而早死，沒有受到吳晗一家那麼多的污辱和折磨。去年我在這裡編了雜誌，輾轉收到一篇稿子，題名是〈吳晗夫婦及其女兒之死〉，並且還附幾張照片，其中一幅是吳晗的女兒吳小彥和她弟弟，在他們母親袁震慘死的當日，所拍攝的。這幅照片深深地震撼了我，試想這雙孩子當時的心情，父親被逼死，如今母親又撒手而去，天地間祇有他們相依為命了。這是篇充滿著血淚的文章，稿子寫在「作家出版社」的稿紙上，筆跡蒼勁，可能出自吳晗親近朋友的手筆。當時我們考慮稿子來源問題，暫時壓著。後來我同班同學李又寧從美國來，她曾寫《吳晗傳》。我拿稿子給她看，她也看不出有什麼問題。我看當時的情勢吳晗可能快平反了，於是將文章改了〈罷官容易折腰難〉，並且將它寄給〈人間副刊〉的高信疆，這篇文章在港臺兩地同時刊出後一個多星期，吳晗就平反了。不過，我們與作者始終沒有聯絡上，因為稿子是他的一位親戚帶到香港寄的。我們把稿費寄過去收了，可是電話和她（那親戚是位太太）聯絡，她卻不願進一步多說些什麼，電話就掛上了。

〈罷官容易折腰難〉，是廖沫沙弔吳晗詩中的一句。吳晗是一九六九年十月間死的，當初在勞改隊裡吳晗與廖沫沙關在一起。因為廖沫沙身體弱，經不住拳打腳踢，常常昏死過去，免了復加皮肉之苦。吳晗比廖沫沙身體健些，受苦多些。一次廖沫沙在食堂碰上吳晗，問起挨打的事，吳晗痛苦地指指胸部，說：「痛得很，開始吐血。」可能是吳晗與廖沫沙最後一見。以後這兩個同是天涯淪落人就被分開了。因為在廖沫沙的訪問記裡，說他在一九七三年，在監禁中才得到吳晗夫婦的死訊，悲痛之餘用火柴棒的殘炭，在香煙盒上寫下了那首「罷官容易擺脫難，憶昔《投槍》夢一般」悼念吳晗的詩。

三十年來的中國大陸，知識分子的悲劇何止千萬，「三家村」裡的悲劇卻是最典型的一個。因為中共政治任何風暴捲起時，政治風暴的前鋒便是進入意識形態領域，進行殘酷的鬥爭。所以，在王實味事件，胡風事件以後，瘋狂的政治鬥爭便接踵而至。一九六六年五月十日，姚文元在上海《文匯報》發表的〈評「三家村」——「燕山夜話」、「三家村札記」的反動本質〉，就是文革的一篇宣言。於是吳晗、鄧拓、廖沫沙變成了這次政治鬥爭的祭旗羔羊。這不僅是吳晗等人的悲劇，也是近代中國知識分子的悲劇。尤其這些年來，中國大陸知識分子跌落在政治的流沙裡，除了掙扎悲喊外，想不沒頂是非常困難的。如果想僥倖生存下去，祇有變成一隻附在政治枝節上的秋蟬，除了「知了，知了」，不再會發出第二種聲音。可是，要中國大陸的知識分子祇做「知了」，不說話卻是很困難的。自古以來，中國歷史上充滿了知識分子的聲音，即使在最艱難的時候，他們也要說話的。鄧拓就說過：「莫謂書生空議論，頭顱擲處血斑斑」。所以，中國大陸的這一群知識分子言論都是用血用淚換取來的。去年在一系列的平反聲中，《三家村札記》也隨著恢復了名譽。《三家村札記》又重新出版，這次的版本除了原來吳南星三人合寫的文章外，又多了林默涵的序，任文屏的〈一樁觸目驚心的文字獄——為「三家村札記」、「燕山夜話」恢復名譽〉。並且還附了姚文元的〈評「三家村」——「燕山夜話」、「三家村札記」的反動本質〉。最重要的當然還是廖沫沙的現身說法的「啼泣」道出來的〈後記〉。他說「我是『三家』之中的僅存者，我有權也有責任在這裡作一些說明」。他的〈後記〉的確說出了一些過去我們不知道的「真相」：

一九六一年九月以前，《前線》準備開闢一個專欄，直到九月中旬或下旬，《前線》編輯部邀廖沫沙到四川飯店聚餐。廖沫沙到時就去了，在座的人並不多，鄧拓、吳晗之外，祇有幾個《前線》編輯部的人。

入席前，坐在沙發上喝茶抽煙，鄧拓隨便談起，《前線》也想仿照別的報刊「馬鐵丁」、「司馬牛」之類，約幾個人合寫一專欄。他說也聽講「馬鐵丁」他們三個人合用的筆名。因此也想照樣三個人取個共同的筆名。既是三個人，就乾脆把專欄叫「三家村札記」，名字就這樣定下了。

吃飯中間，東拉西扯，話題並不集中，直到吃完才又回到「本題」。所謂「本題」，就是三人合用的筆名如何取法，最後確定一人出一個字，吳晗出「吳」，鄧拓出「南」，廖沫沙出「星」，鄧拓當時正以馬南邨的筆名寫《燕山夜話》，廖沫沙也正用繁星的筆名寫文章。這三個字合起來，就成了「吳南星」。廖沫沙說「專門的名稱與合用的筆名吳南星」就這樣定了。

至於文章寫作內容和寫作方法如何？當時並沒有人提出來討論，祇是相約：文章以一千字左右為限度，在《前線》每期刊登一篇。對於文章的體裁和題旨，沒有作任何限制，一律由自己找題材、定題旨、文責自己負，互不干涉。廖沫沙在〈後記〉裡「指天誓日」地說，「三家村札記」實在是一個無組織、無計劃，也無領導和指揮的三個光人、三支禿筆湊合起來的一個雜文專欄而已。

不過，後來他們三個人，卻被姚文元「熱情幫助」而組織起來，而且把他們三個人在其他時間、其他報紙刊物發表的其他一些文字，如鄧拓在《北京晚報》發表的《燕山夜話》，吳晗一九五九年在《人民日報》發表幾篇關於海瑞的文章，以及劇本《海瑞罷官》，廖沫沙為其他報紙寫的一些短文，甚至連他三〇年代在上海，四〇年代在桂林、重慶發表過的雜文和歷史小品〈接輿之歌〉、〈咸陽游〉都被搜羅在一起，組織在這個反黨集團中。廖沫沙說，早似他們這個「集團」早在三四十年以前，雖然並不相識，又天各一方，都已經是「天涯若比鄰」

似的組織起來了。廖沫沙沉痛地說，「三家村反黨集團」，的確是一場震盪千古的大文字獄。株連受禍的人盈千累萬，無數的人傷之慘重；至於肉體和精神遭受摧殘，至今顛沛流離，失去安身之所的人更大有人在。這的確是一場巨大的文字獄，這場文字獄都是由他們的文字而引發的。如今我們再重讀六十三篇《三家村札記》，其中除了四五篇因為他們三人因事「離京」，分別由李光遠、李筠、李文捉刀外，他們所寫都是為政治幫閒的文章。但現實政治是冷酷多變的，一旦政治情況轉變，就前言不對後語了。幫閒的話說多了，遲早會有麻煩的。所以，廖沫沙在弔吳晗詩中有句「三家村裡錯幫閒」，這句話不僅對吳晗，更是對他自己而說的。

廖沫沙以歷經百劫的殘病之軀，又回到他原來寫「三家村札記」的地方，但三家村裡的三個人，卻走了兩個，他的心情是可以想見的。這種心情表現在一九七九年三月，剛回到北平，寫的一首哭鄧拓、吳晗的詩中：

海瑞丟官成悲劇，
燕山吐鳳化悲音，
至錐三管遭橫禍，

我欲招魂何處尋。

報上的廖沫沙的訪問記，刊出了一幅他在醫院庭院裡攝的一張照片，鬚髮蕭蕭，雙目平視，木然佇立，我不知他在想些什麼。

無奈的苦戀

讀白樺的《苦戀》，至「天空中出現一隻雁，三隻、五隻……雁陣用世界最大民族的文字，在穹蒼上寫出了一個鋪天蓋地的『人』字」時，不禁熱淚盈眶，夜不能寐，而草成〈雁陣〉一闋，以抒所感。但那篇文章卻無法表現在白樺的《苦戀》中，所蘊蓄的那種無可奈何的情懷。這種無可奈何的情懷，深深地隱藏在今日中國大陸知識分子胸中，尤其是中老一代知識分子，他們曾歷萬劫，尊嚴掃地，如今雖偶得喘息，將來又將如何？那是無法把握的。不過，他們卻不像魏京生、王希哲青年一代那樣急躁，不時迸發出悲憤的吶喊。他們的這種無奈的情懷，像一聲低沉的嘆息，往往藉著文學作品或電影藝術而表露出來。

這兩年來，中國大陸上映有關知識分子的電影，都有這種傾向，像《櫻》裡描寫的一對自幼分散的異國兄妹，相見時卻不敢相認的無奈。今年獲得四項「金雞獎」的《天雲山傳奇》，所寫的那個被冤案糾纏了二十多年的知識分子，愛人被拆散，後來臨到平反時，主持平反的竟是當年奪走他愛人，給他扣帽子的幹部。這個知識分子祇好依舊留在山區，分配不到工作，靠趕馬車搬運公社的糧食，賺點日常的生活費用，來養活臥病在床的妻子和一個朋友的遺孤。

另一部得三項「百花獎」的《巴山夜雨》，是葉楠寫的。葉楠是白樺的孿生兄弟。兄弟二人幼年同時參軍，白樺《今夜星光燦爛》的劇本，就是記載這段經歷。葉楠也是著名的劇作家，曾編過《甲午風雲》、《傲蕾・一蘭》等電影劇本，他的《巴山夜雨》又得到最佳編劇「金雞獎」。白樺和葉楠一對同年同月同日生的兄弟，同是著名的電影編劇，卻一得獎一被鬥，難道這也是命嗎？

《巴山夜雨》的故事，發生在一艘從四川開出的輪船上，故事的男主角詩人秋石，和白樺《苦戀》中的主角畫家凌晨光一樣，都是被損害、被污辱的知識分子。詩人秋石文革期間，曾被紅衛兵抄家，妻子被鬥死，唯一的女兒也失散了。現在又以「反革命」的罪名，被兩個幹部押解著，登船到武漢去受審，其心情沉重可以想見。但詩人已經歷了更大的折磨，對目前的一切卻能冷漠以對。

當秋石被押解著進入三等艙時，艙中已有幾個乘客。在這些乘客中有一個被停職的女教師，一個演丑角的平劇演員，一個青年工人，一個乘船到江中祭奠亡鬼的老大娘，還有一個被迫遠嫁的弱女子。這些人正如故事一開始作者所說的那樣：只是一群普通人，不同職業，不同遭遇，不同命運而又具有不同性格的人，彼此素昧平生，邂逅在一條船上。他們自然地互相探詢、交流、喟嘆。這些身似飄萍的平凡好人，如今被風吹著偶然聚在一起，作者想以他們平凡的行為，來濃縮「一個巨大社會的橫斷面，預示一個偉大的歷史的必將到來」。故事就環繞著這幾個平凡的人，平凡地展開……。

那個青年工人，過去當過紅衛兵。在他當紅衛兵時曾抄過詩人秋石的家，不過後來讀了秋石的詩，被他的詩感動，而偷偷地留存秋石詩作的手稿。那個被迫停職的女教師，也是一個被迫害的知識分子，起初她還勸那個青年工人少說話，以免禍從口出，但是到後來她自己卻和押解秋石的幹部爭辯起來，憤怒地說出了文革期間，祇要識字的人都挨鬥，凡是中外古今的作家與作品，都被視為反動的東西。……作者藉她的嘴說出這浩劫的真相。至於那個京劇裡的丑角，處處退縮閃躲，惟恐惹禍上身，是另一個典型。

當然，劇中最不幸的，該是那位老大娘與那個被迫遠嫁的姑娘了。那姑娘因為父親欠下人家的債，無法償還，她被迫遠嫁，這是夫家替她家還債的條件，於是她祇好與原來愛人分手，乘船到他鄉下嫁，最後無法抑止內心的痛苦，企圖跳江自殺解脫，幸被秋石救起。至於那個老大娘，她的兒子參加過抗日與「內戰」，都沒有戰死，卻死於文革的武鬥，沉屍江心，連屍首都沒有找到，這位老大娘帶了家鄉出產的紅棗，乘船到兒子沉屍的江心，祭奠一番。

還有兩個押解秋石的幹部，其中一個對任何的人事，都機械地分劃為革命，或反革命兩條鬥爭路線，後來與詩人秋石一夕談，徹底改革了她的思想路線，甚至鼓勵秋石逃走，她願負一切責任。至於另一個幹部外表陰沉，但最後出人意外地，幫助秋石逃走的，竟是他。

《巴山夜雨》，誠如作者所說，故事裡出現的人物，都是一群平凡又普通的好人，而且是一群被侮辱損害的好人。他們偶然相聚，互相無可奈何地吐訴著自己不幸的遭遇。這無可奈何的情緒，在老大娘祭江時，強烈地表現出來，紅棗投入江心中，大家看著紅棗在江水的漩渦浮沉，無奈又無助，觀眾看了也鼻酸。

這種無奈的情緒，同樣也瀰漫在白樺的《苦戀》中。在《苦戀》裡就有這樣的一個場景：當詩人謝秋山夫婦來向淩晨光辭行，嘆了口氣，向淩晨光無奈地說：「我們都高升了，恭喜我們吧！」接著他又說，他們從牛鬼蛇神晉升為「五七」戰士，他被派去楚國，他太太去魯國，最後揶揄地說：「夫南妻北，大概這是牛郎織女給他們的啟示，夫妻見面越少，思想改造越好。」當他們正說著時，一個獨臂沒有戴帽徽的年老軍人，提著個松鼠籠子走了進來。

詩人謝秋山問道：「將軍欲待何往？」那年老的將軍說有人怕他們在北京造反，要把他們下放，然後那老將軍又小聲幽默地說：「其實，鄉下才是造反的好地方。」這時又進來一個提著鳥籠的八歲小女孩，背書似的向凌晨光夫婦說，他們全家明天就要去張家口插隊落戶，她爸媽要她把小喜鵲送過來，給晨光夫婦照顧。說罷，鞠了躬，回身走了。接著白樺這樣描述：

「屋裡非常靜，不是靜，是黯然。將軍首先打破沉寂說：『我的話也叫她替我說了。』他把松鼠籠子放在凳子上。（這時，）謝秋山從衣服裡掏出個烏龜來，把烏龜交給了（晨光的女兒）星星說：『這是我的一個老朋友，介紹給你吧！』星星問烏龜咬人嗎，謝秋山回答說：『不！但是牠比我有本領，牠懂得自衛，你這個伯伯無能到連自衛也不會！』」

凌晨光想打破室內的沉窒，於是要他妻子綠娘把家裡剩下的一點大麯拿出來，斟了幾杯，詩人謝秋山激情輕聲地朗誦他那首「既然是同志、戰友、同胞，何必給我設下圈套」的詩。接著白樺又寫道：

「秋山的眼淚落在酒杯裡，由於那麼靜，都能聽見響聲……（秋山的太太）雲英抽泣了一聲，星星突然對爸爸大聲說：『爸爸，我想哭。』說著苦楚的嘴角向下彎了。

晨光嚴肅地搖搖頭，叉開中指和食指把自己的兩個嘴角向上推……星星含淚微笑了，嘴角又向上翹起來……

秋山一飲而盡……

大家一飲而盡……」

這是多麼無可奈何的一場戲。命運不在自己手裡，詩人秋山的一句：「無能到連自衛也不會！」道出了中國大陸知識分子內心所積鬱的多少楚苦。

《苦戀》是一齣詩劇。既是詩，所包含的意象就不會那麼單純，其寓意更是非常深遠的。雖說白樺在《苦戀》中所塑造的淩晨光，有畫家黃永玉的影子。黃永玉是從香港到中國大陸去的畫家。黃永玉的女兒也像淩晨光的女兒一樣，隨夫出國。劇中某些場景，就是黃永玉的生活片段。在淩晨光居住的那樣沒有窗子，陰濕的小房間裡，黃永玉曾創作了他那幅著名的〈獨釣寒江雪〉。更重要的是，黃永玉在他所繪的動物篇中有一幅〈雁陣〉，這幅畫上有黃永玉的題詞：「歡歌歷程的莊嚴，我們在天上寫出『人』這個字。」「我們在天上寫出『人』這個字」，激發了白樺的創作靈感，《苦戀》中的淩晨光所追求的，就是天地間最高尚，宇宙間最堅強的「形象」，這個形象不僅是淩晨光個人，更是自古以來，中國知識分子所追求，所堅持的。中國知識分子為此，已有過無數次的「頭顱擲處血斑斑」了。祇是在現在淩晨光生活地方的中國知識分子，卻是那麼艱辛困苦，為了追尋那失去的個人尊嚴，其間歷經「莊嚴的歷程」，「永恆的希望」，「深沉的痛苦」不同的轉折，這也是《苦戀》全劇發展的轉折。

在《苦戀》全劇中，這個莊嚴的「人」字，一再在天幕上出現。這莊嚴的形象，正是凌晨光「亦我心之所善兮，雖九死其猶未悔」，所不斷追求的目標，但是到最後：

> 「……問號越來越大，一個碩大無比的問號，原來就是生命最後一段歷程，他用餘生的力量在潔白的大地上畫出一個『?』，問號的那一點就是他已經冷卻的身體。
>
> 晨光蜷伏在雪原上，兩隻手盡量向天空伸出，他最終也沒有力量把手伸得很高，但我們可以看出他曾做過這樣的努力。……
>
> 是的，他曾做過這樣的努力，但『雁陣』排著『人』字，鋪天蓋地的『人』字，漸漸又遠去了，消逝在天際……」

這是多麼突出又鮮明的意象，凌晨光歷經千辛萬苦，至死不渝所追求的，就是這個。但卻又是那麼遙遠而不可捉摸，雖然如此，但他最後仍然無力將手臂盡量向天空伸去，其中包含了幾許辛酸，多少無奈。這些辛酸與無奈，並不是凌晨光所獨有的，日夜積壓在中國大陸知識分子的心頭，更不是飄泊在外的中國知識分子所能了解的。其中有對自己失去的尊嚴，無法尋回的無奈；對自己的命運無法把握的無奈；更大的無奈，卻是對自己生活的空間，無法作些微改變的無奈。的確，正如白樺所說：「如果這只是一張畫布，只是一些顏料，只是一些畫家空想的線條、陰影和輪廓，我們可以撕掉，塗掉，扔掉！」但這都是孕育他，餵養他的祖國。對於這塊他生活著的土地，他有千絲萬縷的牽扯，是無法割捨的，這些無奈纏在一起打成的結，即使白樺自己也無法解開，最後祇有交付給歷史了。

是的，白樺最後萬般無奈，祇有把一切託付給歷史了。在《苦戀》中他塑造了一個馮漢聲——前歷史研究所研究員，一級教授；穿著一套漁人的短衫、長褲，蒼老但很精幹，有點像京劇裡的時遷，七十四歲的小老頭。他的出現非常離奇，是凌晨光逃匿在蘆葦叢中時，經過纏鬥後結識的，他的行徑也非常飄忽。他也像凌晨光一樣逃亡，但卻能提供凌晨光繪畫的材料。他的逃亡是為了「愛情」——「歷史」，「一部真實的歷史，為了它不遭強姦，我就落到這般田地……」

這部密密麻麻蠅頭小楷寫成的歷史，馮漢聲逃亡時像藏在板帶裡纏在腰間，他對凌晨光說：

「我這本書在近百年是拿不出去的，可能要在幾百年之後才能和世人見面，那時候考古學家把我這把骨頭從地下掘出來，發現了這部手稿，我只希望他們看完這部手稿後說：『啊！公元一九七六年能夠出現這麼一個誠實的小老頭！奇蹟！』行了！我就在黃泉之下閉上我的嘴巴，一聲不響地躺它個幾萬年……。」

顯然，這個「歷史」的小老頭，不是一個現實的人物。而且也是《苦戀》全劇中唯一和凌晨光生活無關的角色。但他卻是劇中重要的人物。衹有在他出現後，凌晨光的生活片段才銜接起來，他貫穿了全劇，使整個故事可以便利發展。馮漢聲在旁冷眼看這幕中國知識分子的悲劇進行。白樺創造了這麼一個人物，似乎有意要使多少六朝興亡事，俱入漁樵閒話中。所以，白樺的《苦戀》不僅是詩的、戲劇的、更是歷史的。為這一代中國知識分子的悲慘命運與無奈情懷，留下最真實的歷史語言。

雖然，因為《苦戀》中某幾個場景，白樺受到批判。很可悲地，把政權視為革命的人，往往會把政權、國家、人民混在一起談論，因而產生了「朕即國家」的錯覺。將任何的批判都墮落到庸俗的政治漩渦裡去。這不僅是中國現代，也是中國歷代知識分子悲劇產生的原因。如果說白樺對那個生活的政權，作了某種程度的批判。而他所作的批判，衹是歷史發展過程中，霎那的片段。所以，在中國大陸對白樺進行的批判中，他始終保持緘默，而且他也毋須作任何答辯，因為他的答辯，早已寫在自己的那首〈船〉中：

即使他們終於把我撕碎，
變成一些殘碎的木片，
我不會沉淪，絕不！
我還會在浪尖上飛旋。

這伙楞小子

八月間，劉紹銘、李歐梵、白先勇接踵來香港。劉紹銘先來，然後是李歐梵。劉紹銘、李歐梵住在女青會賓館，就住在我居處旁邊，因此有很多把酒言歡的機會。但等白先勇來的時候，劉紹銘因不慣香港的嘈雜，提前折返臺北回美國。所以，我原先想約他們三人共話的計劃，衹好暫緩進行了。

白先勇到港後的第三天，我為他在蘇浙洗塵，在座的有李歐梵、施叔青、鄭樹森，我帶了一本《北斗》雜誌青年朋友們最近出版的文集《反修樓》。並且告訴他們，我已向《中國時報》推薦，他們聽了大感興趣。白先勇、李歐梵很希望見見這伙青年朋友。於是，由我聯繫星期六晚上在李歐梵住的地方，大家見面聊聊。

我剛到香港時候，就知道這裡有伙青年朋友辦了份《北斗》雜誌，很有活力，後來也許因為經濟不濟，苦撐了一陣，終於宣告暫時停刊了，當時我還惋惜了一番。今年初，我和朋友們在這裡也創辦了一個《中國人》月刊，才知道獨立搞一份雜誌的苦況。因此，我更佩服這群年輕朋友的勇氣，雖然這裡是個辦雜誌理想的地方，但要辦一份雜誌熬過一段艱苦的時間，也不是件簡單的事。所以我很想結識他們。

經過幾次聚會以後，我漸漸覺得他們都楞得可愛。他們都是在文革期間長成的，也就是說他們原是毛澤東所謂他用紅線貫穿，站穩階級腳跟，屬於上午九點鐘太陽的一群。在這場歷史風暴裡，最初曾捍衛過毛澤東思想，參加了紅衛兵串連，腳跡踏遍大江南北，後來又上山下鄉，不僅目睹了這場歷史的災難，並且在這個歷史漩渦裡沉浮過。後來，上山下鄉的紅衛兵分成北上和南下兩股，北上的匯集成「四、五」天安門的怒潮；南下的就是他們，最後自我逐放於故土之外，在海外漂泊。

他們飄流在香港這個商業氣氛很濃的地方，但卻沒有像其他飄流在這裡的許多大陸青年一樣，漸漸地被資本主義腐蝕了。仍然有著滿腔的熱誠，想為將來的中國人盡自己一份力量，於是，這群同是天涯淪落人的楞小子結合在一起，創辦了《北斗》雜誌。他們原來互不相識，祇是為了一個共同的理想而凝聚在一起。他們不像一些流落在這裡的大陸知識分子，雖然經過中共多少年的改造，仍然無法消除內心深處那個小資產階級的王國，在這裡仍然無法腳踏實地的面對現實。可是這伙楞小子，最初來的時候，經過一段不適應的調整以後，很快的面對現實生活，他們有的在工廠做工，有的在做跑街，有的甚至於離島開荒。但卻抽出時間重進學校讀書，雖然過去他們在中國大陸都曾讀過大學，而且有的已經大學畢業。不過，他們的生活的確很艱苦，但卻從僅以餬口的錢省下來辦雜誌，向世界各地的中國人說出他們親身的經驗與體驗，為中國歷史作活生生的見證。因為他們每一個人的經歷都是一部血淚凝結的小說，每一個人至少三次以上逃亡與偷渡的經歷，其中有一個竟逃過八次，他們曾親眼看著自己的伙伴，兩隻拇指被鐵線繫緊，被吊在起重機上，開動起重機旋轉而死，他們親眼看著自己的同學，在開動的車中，正談著話，突然跳車自殺，肝腦塗地。……對於死亡，他們已經看破。他們關心的卻是將來的中國該怎麼辦？

在不久前，我為《中國人》月刊，籌辦一系列「三十年來家國」專輯。特別邀請他們舉行了一次「天下事，少年心，分明點點深」（王船山詞）的座談會。他們激昂慷慨的發言，深深使我感動。《反修樓》祇是他們實際經歷的一小部份，透過小說的形式表現出來，祇是他們的寫作技巧不夠成熟。因為他們都有滿腹的話要說，有時會有千頭萬緒不知從哪兒說起的感覺。正因如此，對我這個學歷史的人來說，更覺可貴，因為其中有許多未經太多修飾的資料，將來可以被提煉真實的歷史材料，陳若曦的《尹縣長》向我們提供了中共大陸文革期中某個階層知識分子的實際情況，吳甿編的《敢有歌吟動地哀》，韓江的《Hi，中國人！》向我們訴說對「革命」幻滅的悲哀，《反修樓》向我們反應了文革期間青年中國人悲慘的遭遇，經過這場歷史的風暴以後，他們漸漸成熟了。這是我讀完這本小說後，向《中國時報》推薦的原因，正像我當時讀了《敢有歌吟動地哀》後，不斷寫文章提到這本書，希望這本書能在臺灣發行，讀了陳若曦的小說以後，以歷史工作者的角度寫過幾篇分析的文章一樣。因為這些小說雖然是文學的，也是歷史的一部份。

星期六晚上，大家一塊吃過飯後，大家擠在李歐梵的那個小房間裡，白先勇和李歐梵坐在床上，我和這伙楞小子坐在地板上，他們向白先勇和李歐梵述說他們的經歷，直到深夜，然後他們走了，留下白先勇和我，我們沉默相對了一陣，覺得心情很沉重，我和白先勇一塊下樓，我送他上車過海，臨上車時，他說了一句：「真使人感動呀！」然後他登車離去，我轉身上山回家，那天夜裡，雨停了，風很大，天上有星星，突然我想起了一句話：「楞小子，幹吧！中國是中國人的中國，中國是我們的。」

早茶

陳若曦從臺北回美國途中，特別來他們一家離開中國大陸後，曾繫留一段時間的香港，轉了個彎。我輾轉和她聯絡上，已經很晚了。她又住在太子道一位朋友家中，不便深夜打擾。但她說第二天中午的飛機就走。祇好約定明天去接她飲早茶，見面聊聊。

去年她搬到美國去之前，曾接到她的信說，準備暑假老段從美國放暑假回加拿大，她回來看看，後來因為遷居沒有成行。十一月間她又來信說已寫妥一個中篇要寄給我編的雜誌發表，後來因我要離開，這篇小說被另一個雜誌中途截去了。這次她來，還問為什麼。她在信中也沒有提到要回來，沒有想到竟在這個時候突然趕回來了。

前年暑假，從溫哥華飛香港途中，一路趕著太陽走，我對著飛機外面的那個「真太陽」，又重讀了陳若曦的《歸》。她這篇小說連載時，我從報上剪下來，曾斷續讀過幾次。可是這次讀的卻是她的校稿，旁邊還有她修改的字跡。這份校稿是我離開她家到機場時，陳若曦託我帶來香港。

那年六七月間，倉促決定到美國和加拿大轉一圈，因臨時起意，一切行程都沒定，祇是走著瞧，走到哪裡算哪裡。不過，訂的機票回程時，在溫哥華轉機。因此，我希望順道在那裡留一天，和老段敘敘舊，和陳若曦見見面，雖然我們通過幾次信，卻未謀面。

在紐約時，看到剛出版的《時代週刊》，知道陳若曦的《尹縣長》英文版已發行，並且刊了她的照片，予以很高的評價。四月間，西蒙・列斯從巴黎講學回澳洲，路經香港，我請他在小店對酌喝金門高粱，曾談到陳若曦的小說英文版快出版了。英文版的序是他寫的。沒有想到如今真的出版了，我很高興。

自從讀陳若曦的《耿爾在北京》，寫盡知識分子落寞的情懷，就對她的小說有偏愛。這倒不是純文學的欣賞，而是一種歷史感情的激動。因為她所寫的是我該熟悉，但事實當時卻非常陌生的知識分子生活——這兩年來到這裡已經非常熟悉了。對於真正的中國知識分子，不論過去與現在，我都抱有溫情和敬意。尤其對於那些在極端艱困的環境裡，仍能保持清醒，雖踽踽獨行，卻有著天地與我獨往來胸襟的知識分子，更致以崇高的敬意。陳若曦筆下的中國知識分子，像《值夜》裡的老傅，《查戶口》裡的冷子宣，的確都有這種風骨。

雖然，我是一個學歷史的，對於文學是個門外漢，但對陳若曦出來後所發表的《尹縣長》一系列小說，我著實下了一番工夫。因為我直覺認為從她那一系列小說裡，可以反映現代中國一場大悲劇裡的某些片段。因此，我除了努力讀她的小說外，還搜集關於討論與評論她的資料。除了最初寫過一篇〈陳若曦和老段〉外，後來又花了兩三個月的時間，寫成了〈從買屋到賣屋——陳若曦一段流水的點滴〉、〈永不熄滅的火焰——陳若曦筆下的大陸知識分子〉，這兩篇文章合起來有三萬多字，的確是我自學歷史以來最嚴重的一次「外務」。

不過，這次「外務」還是值得的。因為我直覺認為陳若曦的小說，不僅是文學的，更是歷史的。透過她的小說，我們可以了解在這場中國現代悲劇裡，中國知識分子的遭遇和感受。所以，從她小說裡可以提煉出現代中國的歷史語言，這是我最初讀她小說的意念，後來她的小說英文版出了後不久，便得到證明。她的小說英文版出了後，最初寫書評的竟是些學歷史的。像寫《中華帝國沒落》的韋克曼 (Frederic Wakeman Jr.)，寫過《康熙皇帝》的史賓斯 (Jonathan Spence)，寫過《中國歷史類型》的艾文 (Mark Elvin) 都是現在美國研究中國歷史的一流學者。至於大衛．拉鐵摩爾 (David Lattimor) 雖然是搞中國古典文學的，但卻出身史學世家，他父親寫那本《中國邊疆》，至今仍是討論中國邊疆問題的典範著作。他們為陳若曦寫的書評，不是文學的評析，而是肯定陳若曦小說表現了現代中國歷史的意義和價值。

不過，我寫那兩篇文章，祇憑著紙上資料和一些朋友的有關的談話，其中有些難免有些傳聞之誤。像我當初寫〈陳若曦與老段〉時，其中有一段「郭子克到香港後，曾見到當時在新亞書院服務的余英時兄，過去在美國時，郭子克曾對余英時說，你們學人文社會科學的思想都幼稚，這次再見到余英時，一見面就說他自己的思想才真的幼稚」。這次到美國，去新港訪余英時兄，和他夜談時，他特別談到這段對話，說這段對話是在美國而不是在香港說的。郭子克就是《歸》裡方正的化身。可是，很不幸地，後來有位先生在臺北，寫了篇關於郭子克的文章，竟轉引了這段話，並且加渲染，誤為實錄，的確使我感到非常遺憾的事。雖然，我寫文章時，也曾和陳若曦通訊，她回信說我寫的「有對有不對」。所以，我想趁這次轉機的機會去拜望他們。

飛機到溫哥華，在那裡讀書的小古老弟夫婦來接。小古對我說，老段家已準備好，留我在他們家住一宵。老段就在小古就讀的學校工作，我們去他們家前，先到學校接老段下班。我們將車子停在草坪旁，然後看老段提著皮包，從鋪滿斜蔭的草坪那一端緩緩走過來，老段和我從大學畢業後已二十多年沒見了。先前透過陳若曦的小說，我還依稀看到他的影子，但當他站在我面前，我們除緊握了一下手，一時竟再找不到一句話說。他的沉默更勝當年，雖然沒有發福，但頂上的頭髮似稀少許多，一如我兩鬢飛霜，真的是少年弟子江湖老了。

車抵，陳若曦已站在門前等待，見我下車，她迎了過來，笑著說：「嗨！歡迎你，逯耀東！」她一如別人文章中所寫的那麼坦率，也許我熟讀了她的小說，雖然過去沒見過面反而覺得比和老段還熟悉。走進他們買的屋，我就毫不拘束地坐在地氈上，看他們忙著準備晚飯。晚飯吃韭菜餃子。陳若曦一面調著餡子笑著說：韭菜是自己園裡種的，韭菜根卻是從美國偷運進來的。老段低著頭在一旁和麵，然後製皮子，這餐飯吃得很舒服。飯後就著小古夫婦帶來的滷菜，喝著白先勇他們上次留下的酒。酒後，老段的話多了起來，我們談的是當年宿舍裡的趣事，和他們「新竹幫」的近況，但我們很少提到那傷心的七年。然後老段將剩下的麵壓成麵條，攤在桌上，向我說明天一早他得趕上班，先歇了。

客廳裡剩下陳若曦和我，一人手握著一只茶杯，各佔一張椅子，相對夜話起來，雖是初夏，仍有夜寒。她問了我許多臺北的事，也談了些大陸轉變的事，更多知識分子的事，臨睡時已是深夜兩三點。

第二天小古開車送我上機場，車子特地彎到溫哥華闊人住宅區打了轉。他說溫哥華另一個中國女人就住在這裡，看著那林蔭深深的豪門大宅，我突然記起她那首「天涯餬口百愧生」的詩來。不過深縈在我腦子裡的，還是陳若曦園子裡，那幾畦在陽光下閃亮的菜蔬，還有幾莖亭亭而立的花，大概是鬱金香吧。……

我接了陳若曦到「慶相逢」，早上的茶市比較清閒，人客稀少，不似中午那麼喧囂，很適合聊天。我問她既非假期，為什麼選這個時間，匆匆來去。她說正因為這個時候，許多在美國的朋友希望她回來一趟，她就帶著他們的關切回來了。我們談的，除了些家庭和朋友們的瑣事外，最後還是落在知識分子的問題上。在這樣的早晨，在這樣早晨的茶市裡，我隱隱聽見四周所談的，都是些金價昨天又上漲多少，巴士不久又要漲價了。大家所關心的都是些身邊的事。而我們所談的，卻是些別人認為既空洞又不合實際的事。但這些事我們自己不談，又誰來關心誰來談呢?!的確，在我們這個時代裡，知識分子的尊嚴被我們自己踐踏或外來的衝壓，已變成雨後的殘雪片片。如果我們自己再不堅持，不知在我們自己生存的這個時代裡，最後我們還能剩下些什麼?!這的確是這個時代中國知識分子的困境！

她下午兩點鐘的飛機要走，還得整理行裝，我們要談的問題也不是一時可以談完的。我送她回去的途中，問她何不多留兩天。她說她今天趕回去，老段明天就要轉到加拿大上工。我們下了車子，握著手，我說下午不送了。她說也許暑假會再來。我說那就望君早歸了。然後，她轉身走了，早晨的陽光在她身上移動著。我轉過身來看著車子漸漸匆忙的馬路，這個城市已從昨夜沉睡裡睡醒了起來。突然，我想起劉紹銘寫的〈與陳若曦聊天〉來。在那篇文章裡，陳若曦說：「我覺得，我既然知道他們心中要說的話，就有責任為他們發言，但我不敢說自己是『為民喉舌』。不，我自己很現實，我只是替知識分子發言，因為歸根結底，我接觸的，也是知識分子較多。」

《中國陰影》之外

暑假裡的一個聚會上，遇到了從香港回來度假的余光中兄，談起了那位比利時朋友李克曼最近寫了本《中國陰影》，德文與法文本已在法國出版，接著英文版也要出來了，但書出版後，在歐洲即引起了軒然大波，受到左派的惡毒攻擊，甚至說這本書是受某方面津貼寫的。因為余光中兄為他說了幾句話，也受到香港左仔的困擾。

我說，我和李克曼很熟，當年在香港，我們曾相處了兩年的時間。光中兄就說，有個荷蘭朋友柯威廉前一天去看他。柯威廉是在荷蘭大學讀博士，並且擔任一家報紙的特約撰稿人，正在寫一篇關於李克曼的通訊稿。正好可以叫他來看我。當晚柯威廉如約而來，我們談了許多李克曼的事，使我又懷念那位滿把鬍子的洋朋友來。

我們剛到香港的時候，人地生疏，衹好日夜侷促在新亞研究所那層樓裡。常常在走廊上，遇到一個瘦高個微微彎腰的洋人，穿了件藍色的短棉襖，好像有幾年沒有洗了，沾滿了油跡，泛著烏油油的光。虯捲鬍子圍在他消瘦蒼白的臉上，那消瘦的臉上卻有一雙深湛的藍眼睛。最初我們在走廊上狹路相逢，衹是禮貌地點頭微笑，道聲早或問個好。我驚異他的國語發音，竟是那樣字正腔圓，連尾音都沒有一點洋味。後來知道他也剛從臺灣到香港不久，於是在走廊上相遇，便站著有一句沒一句的聊起來。

在香港我們都是異鄉人，又是乍到，也無處可去，往往別人下班後，空洞的一層樓就留下我們，便漸漸熟了。午晚兩餐都在一起包飯，我們包飯的地方是一家木器店內的後進，那地方又黑又髒、又潮濕，有時送飯的那個老頭，在角落裡面對著牆注射嗎啡。我笑著說，這種地方他能忍受嗎？他卻淡然一笑，說這不算什麼，現在他還睡鋪位呢。香港地狹人擠，住的地方更是寸土寸金。所以，有些人家便利用走廊過道，架起兩三張雙層的鐵床租人，稱之為鋪位。有的一層鋪位可能擠一家幾口人，因此，我覺得他那雙閃閃的藍眼睛似乎更可愛了。

當時他是比利時魯汶大學文學博士候選人，研究的是中國藝術，論文的題目是關於石濤的。不過，他對中國的興趣卻很廣，三十年代的作品讀了不少，對中國的詩詞和古典小說也有獨到的見解。在中國古典小說裡，他特別歡喜《浮生六記》。他認為那是最能表現中國讀書人生活情趣的文學作品。後來他回到歐洲，便把這本書譯成法文出版，很轟動，還得到法國科學院的獎。那時我剛從香港回到臺灣，恰好輪編一份雜誌，聽到了這個消息，特別向他約了一篇〈我為什麼翻譯「浮生六記」〉，他的稿如期寄到，同時另外還附了一篇〈談翻譯〉，敘說他翻譯經驗的甘苦和看法。並且還把對 Arthur Waley 翻譯《西遊記》的「赤足大仙」的「赤足」，譯成「紅腳」幽默了一番。當時，我在他的正文前，還加了一段「編者按」，說當歐美學者正一窩蜂似的擁向「中國現代」的時候，竟有個洋鬼子愛上了沈三白和芸娘，的確給我們帶來了幾許清涼。

他原來是學法律的，並且已得到魯汶大學的法學博士學位。祇因為一次隨比利時的貿易考察團去了大陸，到過杭州，對那裡的景物著了迷，就開始愛上了中國。但當時他卻對中國茫然無知。回去後，決心改習中文，又到魯汶重讀中國文學與藝術的博士學位。然後開始他的馬可孛羅的漫遊，隻身到東方來，先後到過新加坡、日本和臺灣。他沒有任何獎學金的支持，祇有一面靠教法文餬口，一面學習中文。他在臺灣過了近兩年，因為他喜歡旅行，臺灣大小地方都跑遍了，澎湖大小二十六個島，他到過二十五個，橫貫公路獨自步行過兩次。不過，他最喜歡的地方還是野柳，他說當時野柳還沒有公開對外開放，沒有受到人工的侵蝕，充滿了原始的情趣。他的生活簡單，揹了個睡袋，隨時可行，隨處可睡。

後來他去了香港，他認為臺灣雖然是個學習中文的好環境。但香港接近大陸，可以看到、讀到更多大陸的資料，也許有機會能重遊大陸。他最初準備搭往來港臺間的四川輪三等艙去香港。但四川輪屬於英國的太古公司，還保留著十九世紀大英帝國東印度公司吉卜林式的優越感。硬性規定白種人不能和有色人種雜處在三等艙內，也就是說白種人不許坐三等艙。李克曼和他們理論，所得的答覆是絕對的，那就是他無法在遠東坐三等艙到香港。但李克曼他卻決定從臺灣坐三等艙去香港。於是，他就先從臺灣坐三等艙去美國，然後再從美國坐三等艙到香港。雖然繞了個大圈，他還是坐三等艙去香港的。所以，有次我坐四川輪三等艙回臺灣度假，他堅持要送我上船，要看看三等艙到底是怎樣個「人間地獄」。

他到香港後，就在新亞研究所找到一份工作，擔任翻譯和教幾堂法文，同時還在某夜校教法文。當時，因為我在大學裡讀書不用功，重理舊業後感到非常吃力，雖然在學校附近的小旅館租了間「長房」；卻很少回去住，常常拉張蓆子睡在研究室裡。李克曼在某補習學校裡兼了幾堂法文，下了課就回研究所，有時晚了也睡在研究室，夜裡他留在研究室除了讀書，就是寫情書。

他在臺灣的時候，住在泰順街附近，認識了鄰居章小姐。常到她家坐坐聊聊，那時章還在大學讀書，他們聊天被限在家裡的客廳，很少出去。如果必要出去時，章都是穿整齊的校服，因為她怕人誤會她是某種女人。即使偶爾去看場電影，也是李克曼買票，然後各自進場，散場前就出來了。

到了香港後，李克曼才有機會藉魚雁表示他內心的情意。他的情書都是用中文寫的，密密麻麻的小字填滿了一郵簡，我常常笑他的中文與中國字都是這樣練出來的。的確，他的中國字寫得蒼勁有力，雖然不能比一般中國人寫得好，至少比我寫得好。他的中文說理，說得條理清楚；記事抒情也清新可喜。最初偶爾還夾雜著幾個生硬的詞彙，後來就寫得非常流利了。所以，我刊登他那篇〈我為什麼翻譯「浮生六記」〉，竟連一個字都沒有改，並且一直保留他那份原稿，作為自己的警惕。

他和章通了一時期的信件後，就論到婚嫁了。後來章隻身到了香港決定嫁給他。但章到香港後，李克曼卻說，他們在臺灣沒有直接交往的機會，現在他們可以再交往兩個月，如果認為他終身可託，再嫁給他，不然就送她回去。所以，章先住在李克曼的一位德國朋友白小姐那裡。兩個月後，他們結婚了。婚禮很簡單，祇在豐澤園擺了兩桌酒，是我們幾個朋友為他操辦的。我是一個不太贊成「昭君和番」的，但對他們的華洋婚姻我卻深深祝福，因為李克曼是一個比中國人更像中國人的洋人。

婚後，他們的新居設在九龍半島牛池灣附近，一廳一房，陳設得很簡樸，但卻很溫暖。

李克曼為他們寄居所還取了個「一厂堂」的堂名，請人寫了個橫幅，裱好掛在客廳裡。他們有了個臨時的家，使我這個異鄉人有了個落腳的地方。常去「一厂堂」吃飯喝酒，飯後再喝加了白蘭地的咖啡。後來章懷了孕，因為經濟維持不下去了，祇好回比利時。原先計劃橫貫中國大陸，從西伯利亞經莫斯科回歐洲的，他前後七次申請去大陸都沒有批准，祇好乘船直接回歐洲。臨行的那天早晨，我和幾個朋友送他到天星碼頭。他還是穿了那件藍棉襖，章挺了個大肚子。冬天的陽光翻著維多利亞海峽的海水，照在他蒼白沉鬱的臉，大家談著談著，突然沉默下來，黯然相對，不知此行之後，再相見又是何年何月了。李克曼隻身東來，這次還鄉卻多帶回去一個半人，還有這幾年搜集的八大箱中國書籍和國畫。

李克曼回到比利時後，擔任皇家博物館東方部的主管。不過，他臨行時卻說，還要再回香港，萬一沒有辦法回來，就去幹外交官，派回來服務，因為他有個法學博士的底子，這樣就不必擔心經濟了。後來他真的又回到香港，不過沒有做外交官，而是回到新亞研究所擔任副研究員。但等他再回香港時，我已回臺灣了。

以後，我們很少聯絡，祇從朋友嘴裡及斷續信件中，捉捕到飄忽的行跡，不過，一次我意外驚喜地接到他一本研究嶺南畫派的新書，書是用英文字寫的，上下兩冊，但卻是用中國傳統的假線裝，藍色的封皮和藍色布面的涵套，盛滿了中國傳統書籍的書香，知道他又回歐洲。後來比利時承諾中共後，他真的做了外交官，被派到中國大陸去，我知道他並不是真的想做外交官，因為他的個性不適合，因為他連整套的西裝都不願意穿，怎能去做外交官呢？他不過想利用這個機會能遊中國大陸，以了他多年的夙願。後來，他離開大陸到澳洲去教書，去年暑假又到香港，在香港中文大學做了一年客座教授，現在又回到澳洲，在這個期間完成了他的《中國陰影》。

雖然，我還沒讀到他的書，但從書名看來，他這次去中國大陸是非常失望的。因為他愛中國，但他愛的卻是文化上的中國，不是那個「問蒼茫大地，誰主沉浮」的中國。是的，他費了千辛萬苦終於去了，而且也看到了，他所看到的雖然雕樑玉砌仍在，祇是改了朱顏。這種改變和他內心熱切的嚮往有非常大的差距，這是他所不能忍受的。因為他不忍，更不願看到他所熱愛的中國善良人民，在一個巨大的陰影籠罩下，每一個人的臉上和心頭都蒙上一層灰暗。做為一個知識分子，做一個受西方文化薰陶長成，又受過中國文化洗滌的知識分子，李克曼有他的獨立判斷與思考，並且也有中國傳統知識分子的擇善固執的風格。他說出了他看到，而且心裡想說的話，和他相處過一段時間，我可以了解他說這些話的時候，心情是非常沉痛的。

人在橋上

枯藤、老樹、昏鴉，小橋、流水、人家；古道、西風、瘦馬，夕陽西下，斷腸人在天涯。這闋散曲，將十個不相關聯的名詞，透過小橋的貫穿，組合成一幅蒼涼的圖畫。這幅畫可稱為歸鄉，也可名其為過客，悉聽君便，端看當時人的心境了。

常言道你走你的陽關道，我過我的獨木橋，井水不犯河水，二者互不相涉。但世上沒有無橋的路，也沒有無路的橋。如果路沒有橋相接，不知前途何續；而橋沒有路相銜，人在橋上踟躕，就不知何去何從了。

記得多年前，讀過一篇橋與路的文章。屈指算來，該是三十多年前的舊事了。當是時，香江初履，高樓獨坐，擁書夜讀。但讀的卻是往古的是非和紛紜。這些是非和紛紜，像綑亂麻，真的是剪不斷，理還亂，祇得掩卷而嘆。眺首窗外，一輪皓月當空，伴寒星數點，四下寂寂，已過三更，這個城市已漸入睡。想想自己，來此甚是無聊，終日青燈黃卷，難道真的繼絕學嗎！於是起而繞室，無意間在同事桌上，檢來一本新出版的雜誌，其名曰《明報月刊》，而且是創刊號。燈下翻閱，讀到那篇橋與路的文章。文章不長，是雜誌的發刊辭，內容雖不復憶，但說這本雜誌，要做海外知識分子的橋與路，留下深刻的印象。

「知識分子」，當時想，真是個高不可攀的名詞。尤其中國知識分子自來愛幫閒，好管閒事。往往晚上睡覺，心裡想的有千條路，雖然白天路路走不通。但誰要說他想的道路有偏差，又不能聽他娓娓道來，是要吵架的。尤其當時海外中國知識分子，彼此「相去萬餘里，各在一天涯」，而且又處在花果飄零時期，若搭個橋互相往來溝通，實非易事。放著《天龍八部》不好好寫，大俠實在忒多事。

沒想到橋搭起後，南來北往，左右東西雜湊，竟奏出不協調的樂章來，雖然喧雜，倒甚悅耳。三十年彈指易過，當年上路的，如今已是「慷慨心猶在，蹉跎鬢已秋」。而且橋旁的路，也已百迴千轉。但又有新人上路，雖然走過舊的蹊徑，也會留下新的足跡，但卻長亭更短亭，不知何處是歸程。真不知中國知識分子為何有這麼多的路要走。

如今雖路遙遙，而橋還在。真的是「二十四橋仍在，波心落，冷月無聲。」彷彿又見橋上人影匆匆去來，突然傳來一聲淒清笛韻，那調子是非常熟的，但卻不知吹奏的是歸人還鄉，還是美麗錯誤的過客。

第四輯

過客

江湖老了那漢子

那一年，大概是十多年前吧，我在中南部有一串巡迴講演。講的什麼已經不記得了，反正就是那麼一個題目。祇記得從掌聲裡進又從掌聲裡出。然後又跳上等在門口的吉普車，呼嘯著馳過沙塵滾滾的鄉間路。田間一片秋收的金黃，山邊翠竹叢繞處，襯出村舍紅牆一角。天湛藍，有白雲，還有幾隻冉冉起飛的白鷺鳥。

接著，停車。我跳下來，走進講堂，向已在那裡等待的數百雙眼睛，把剛剛講過的題目，再重說一遍。待臺下的掌聲乍歇，我微笑著揮手下臺，和站在門口恭送的人握手，然後再上車登程。車子馳在顛簸路上，我顛簸中沉沉入睡。等我在眾人讚美的陶陶來，車子已在山城一家旅館門前停下，迎我的是一街燦然的燈火。

居住停當，沖洗罷滿身的塵土。出得店來，找了家街邊的小露店，要了幾樣菜餚，再來一杯米酒加「保利達」，自吃自飲起來。飯飽酒罷，踉蹌出了店門，在街上蹓了個彎，最後在廟前的廣場駐腳。場子上正在唱酬神的野臺戲。臺前擠著黑鴉鴉的一片人，臺上燈火輝煌，播音器裡鑼鼓喧天，也不知臺上唱的什麼戲文。衹見坐在桌子後面的皇帝似乎生了氣，跪在桌子前面的大臣垂著頭；站在臺口的小旦悲悲戚戚唱了一大段哭調，大概是在求情吧。惹得皇帝真生了氣，把袖子一甩下場了，接著那小旦就哭了起來。

我不歡喜聽歌仔戲扯著嗓子直號的哭調，一點韻味也沒有。於是離開場子，繞過許多孩子擁著的叫賣小地攤，踱到戲臺的後面。這戲臺是臨時搭的，一張布幔隔出前臺後臺。前臺出將入相，甚是光鮮。後臺就雜亂多了。堆著幾隻打開了的破舊戲箱，臺的兩邊扯著尼龍繩子，繩子上搭著脫下的戲衣。有個下了裝還沒有抹去鉛華的小旦，躲在臺的一角奶孩子，幾個上了裝的龍套蹲在一起鬥車馬炮。那個剛剛生了氣的皇帝，打著赤膊依著戲箱吸煙。突然他站了起來，匆匆掛上另一副短髯子，披上差官的戲裝又出場了。

回到宿處，已近午夜。扯開窗簾，有晶瑩的月色。憑窗下望，山城燈火已闌，街上人跡稀靜，斷續傳來幽怨的按摩笛聲……於是，我坐了下來，燃著一支煙深吸了一口，然後吐出。隨著擴散的煙霧，理了理這幾天匆忙的奔波，衹是理不出個頭緒來。我彷彿也在唱戲，衹不知自己扮演的什麼角色。這的確是非常可悲的，往往演了連臺的戲，在觀眾的掌聲和歡呼中，竟忘了真正的自己，更沒有時間思量自己是否適合演這個角色……於是，從行囊裡取出稿紙，寫下《那漢子》中的一闋〈聽戲〉：

「自己演，倒不如聽人家唱，都是戲呀！」彈月琴的笑著說，又指著空洞黑暗的臺上，「老弟，剛剛你不是都看見了，臺上燈火輝煌，出將入相，喊聲震天。有唱花臉的，有唱白臉的，有唱紅臉的，有鼻梁抹了白粉的，也有過了河的卒子當車用的……，像走馬燈似的，一齣接一齣，如今歇了，明兒又會開鑼，唱不完的，看不完的。」

也許，祇是偶然，我寫了一連串的「那漢子」。最初，那篇〈過客〉，是二十五年前寫的。去年暑天，我的朋友萬家茂死了。我寫了一篇〈這瓶無法共飲的酒〉，悼念這位相交三十年，遽然而逝的友人。那瓶酒原來是他買來等我共飲的，後來卻留給我含淚獨酌。在這篇文章裡，提到當年寫〈過客〉的事。那時萬家茂正讀醫學院研究所，我已淪落江湖，在書店裡做賣書營生。當時我剛成家，居於陋巷之中，家中四壁蕭條，僅藤椅兩把。每晚萬家茂做完實驗，就來我處，各據一張，你追我趕地競讀武俠至深夜。後來看多了，我說這種武俠我們也能寫。

又說武俠既然可寫小說，就可以抽出一段寫成散文。於是，寫了〈過客〉。萬家茂讀罷，說很武俠，很古味，就是太滄桑了。

滄桑，的確有些滄桑。〈過客〉寫到那漢子「注視著桌上的酒碗，碗裡有自己搖晃不定的影子。雖然他也曾想將那個影子固定下來，可是卻沒有做到。這些年一直像片雲飄忽著，連他自己也不知道為什麼。不過，他的兩鬢已花白了，裹在行囊裡封了已久的劍，現在也生鏽了」。那時我才二十六歲，剛離開學校，入世不深。雖然起步的路不甚平坦，而又飄泊不定，卻不坎坷。似乎不該有這麼沉重的滄桑的，也許這是為賦新詞的自娛之作吧。

待我再寫〈賣劍〉時，已過了好個天涼的年紀，下筆似乎更蒼涼了。寫的是淪落江湖、貧病交迫的那漢子，準備將自己隨身相攜的劍標售。但最後「那漢子仍然坐在地上，下午的斜陽把他孤獨的影子越拉越長，衹有他那瘦長的劍影默默地伴著他」。

〈賣劍〉刊出後，唐文標拿了瓶黑約翰行者來找我。人還沒有進門就扯著嗓子嚷：「逯大哥，你的劍怎麼能賣，怎麼可以賣?!那是把中國文化的劍呀！」唐文標，這個軟心腸的民族主義者，當時正在臺大客座。他的宿舍距我住處不遠，常深夜來我家聊天。我們的意見並不相同。我說他太事事關心，太事事認真。他往往是眼一瞪說：「我們不關心，誰關心？我們不認真，誰認真?!」那時我座上還有個事事關心的人，就是死不悔改的王曉波，憋了一肚的氣無處洩，常深夜來我家打拳。我總覺得這個時代的知識分子太苦，想使力竟無著手處，偶一出手卻又惹來不必要的誤解和麻煩。

我還收到一封信，那是一個在南部教書的學生寫來的。說他讀了〈賣劍〉後，感到非常內疚，因為他沒有將我傳道解惑的劍，薪火相傳下去，才迫使我不得已要賣劍了。這封信深深使我感動與慚愧。因為我不是個好老師，並沒有好為人師的神聖使命感，而且事實上也無道可傳。雖然偶有激昂的語調，也不過希望大家能在獨立的思考和判斷下，把脊樑挺得直些硬些而已。

沒有想到這篇〈賣劍〉，竟牽扯了他們幾絮閒愁。這祇是即興之作，當然更沒有唐文標想像得那麼偉大。因為自己不是作家，從來也沒有奢想成為一個作家。正像自己是個教書營生的人，從來沒有妄想成為學者一樣。我是個隨遇而安的人，也就是安於現狀卑微的人，能苟全過一點安定的生活，已心滿意足了，哪有什麼偉大的理想和文化意識可言呢。如果有些微，也許是讀過幾天歷史的思古幽情而已。在這個轉變急速的時代裡，自己的腳步永遠比別人慢半拍，當被拖拉著向前趕路，卻又想歇下喘口氣的時候，就不由發出一聲想當年的低微輕喟。「想當年」也許就是那漢子出現的引子。「想當年」，就是過去的歲月，不屬於今天的。檢點這些年所寫的，似乎都有那種流失感嘆的痕跡。

《那漢子》出現以後，已是人在江湖，身不由己了。因為答應人家的是個專欄，雖不定期，總得出貨。於是，即興塗鴉，成了定時製造。我是個最怕受約束的人，即便連最嚴肅的軍營生活，也沒有改變懶散的習慣。所以，到今天包括自己的讀書，和不得已寫專業性的論文，既沒有一定工作計劃，也沒有預期的目標。祇是隨興所至，走到哪裡算哪裡。所以，種子撒了一地，老是長不出莊稼來。也許我認為一有計劃和目標，就成了負擔。整天背著個包袱挨日子，是非常不自在的。所以，我很後悔最初的承諾。往往是那邊催稿，這邊才閉門造車。於是，不自覺地將自己的感受和感慨，也寫了進去。

既然是人，不論多麼卑微，面對生活，總會有自己的感慨的。尤其那幾年，我自己似乎也身陷江湖，四下奔波，風塵僕僕，美其名曰天下己任。但這句話不知迷惑了古今多少書生，祇為了那個鏡花水月的浮名，逗得多少人在那裡喋喋不休，累得多少人盡折腰。當時，我自己也迷失其中，正像〈對奕〉裡的那漢子！

於是，他被捲入江湖，翻騰在滾滾的紅塵裡，穿過多少次刀林劍雨，牢記著先生那句「得饒人處且饒人」，他的劍從沒有出過鞘，卻也闖蕩出了一個虛名。但已落得滿身斑斑傷痕，那傷痕都是被許多支暗箭，從背後射傷。

現在他又回來了。石上青苔依舊，竹林還是自蕭蕭。他漫步入林，那條林間小徑，仍被清理得十分乾淨。他走在林間小徑，深深吸了一口清沁的空氣，心也隨著沉靜下來，這是他多年江湖闖蕩，很難尋得的那份失去的寧靜。

尋回失去的寧靜，是江湖中人所嚮往的。記得我追隨沈剛伯師的那段日子，到後來他不再向我傳道論學了。往往師徒二人各持一杯酒，坐在他客廳裡，靜靜聽他緩緩敘說世變的滄桑，人事的浮沉。那是幢日式的房子，屋外有很大的庭院，在深巷之內，無車馬喧嘩。午後的陽光從樹叢照落來，庭院寂寂，偶有雀鳥的啁啾。雖然剛伯師論的是現代的世變。但彷彿澗水流過山間，遠離了我們生活的現實，將我帶進另一個寧靜境界。我望著他聳立的白髮，和深度鏡片後的恬靜眼神。突然，想起他常說的那句「量才適性」來。也許就因為這句話，他能在潮流的漩渦裡出出進進，沒有沉淪沒有迷失。他坐在那裡像座靜穆的山，雖歷盡風雨，依然沉默的佇立著。我看著他，有難言的激動。最後終於吶吶說出，我想離開。他聽了，望著自己手中的酒杯想了一陣，然後，淡淡說了句：「也好。」於是，歸來寫下了那闋〈解劍〉：

那漢子沒等那青年長官講完，挺身而起，躍出茶亭外，面對青山長嘯起來。那嘯聲起自丹田，緩緩上升，綿綿不絕地縈繞在山谷中。突然，那嘯聲戛然而止。那漢子似已解開了胸中的鬱結，轉身步入茶亭，握著滿臉迷惑青年長官的手道：

「老弟雖然不說尊大人的名諱，但我知你是故人之子。我的功力不如尊大人遠甚。如今看來，我的心胸更不如他。」說著，將繫在腰帶上的佩劍解下，然後又對那青年長官道：「這把劍隨我闖蕩江湖廿多年，一切的恩怨是非，都結在這把劍上。我雖說自逐於是非之外，但仍仗劍而行，可見我還有戀棧之心。如今，我想把劍寄存老弟之處。」

寫罷〈解劍〉，我便渡海而來。這是我第三次來到島上了。那年第二次來時，恰遇到一個擊出來的乒乓球。我意會許多世事要變了。這次再來，真的變了。聽到許多過去聽不到的聲音，還有比我想像更沉痛的呻吟。一線家國之思，又牽動了我重入江湖之念。於是寫了〈師門〉、〈雨林〉、〈雁陣〉，甚至〈顧曲〉。這些已不單是我個人的感懷了。正像〈夜讀〉裡所寫的：

是的，那風聲他是熟悉的，尤其這些年來，自己寄跡於江湖之中，託身於風塵之上。雖然家事已不堪想，國事又不堪問。但祇為了胸中所留存的那一點孤憤，他仍一匹駿馬，兩尾瘦驟，馱著幾筐殘卷，東南西北穿梭往來，秋山悵望，春江醉臥，到如今，幾陣霜風，已吹染了項上一簪愁髮；數行雁鳴，更唱皺了眉前幾疊恨痕。踟躕前路，樓前簷下——他已聽慣了太多風聲雨聲。

幾許風雨，我又誤入風塵翻滾了一陣。祇落得鱗傷遍體，摔下陣來。我痛定思痛，終於寫下了〈集市〉：

我們到底要尋找和要逃避些什麼，有時的確很難分辨的。因此，使他想起多年前，讀過的一些史書來。在那些史書裡，記載著許多想逃想隱的人。但他們想逃想隱，都是經過了一陣痛苦的掙扎的。那祇是因為他們想走的無法實現，想獲得的又無法獲得，於是，就飄然而去了。事實上，去是去了，卻一點也不飄然。因為既然要逃要隱，就希望別人永遠將自己遺忘。但他們的名字，卻被寫在歷史裡，也許他們逃得不遠，隱得不深，心裡還存著盼望和等待。如果真的想逃想隱，遍地都是松吟泉韻，到處都是青山青，何必一定要在南畝種地呢……那漢子拍了拍腦門，暗暗地罵了自己一聲蠢，多年浪蕩江湖，所爭者何？所求者何？怎麼連這一點都沒有想透。看來這名關一道，橫在心裡實在誤人不淺……那漢子想到這裡，從地上撿起一個石子，投進溪裡濺起了一陣浪花，就這樣他決定了。

至此，我擲筆，那漢子就在江湖上消逝了。

……

借問那漢子今何在？他已當劍賣馬，在那不知名的集市，開了間小酒鋪，挺著微凸的肚皮，賣滷牛肉了。更問可酒否？曰可。祇是不似當年把酒瓶擲向藍空了。

那一年

那一年
雙騎並馳在高原

橋旁柳蔭繫馬
酒肆樓頭買醉
鞭指窗外揚起的塵土
且看昏鴉繞向晚林
捋鬚笑談別後歲月

更想當年︰
揮劍斬斷繞指柔
散金傲嘯過長街……
那一年，那是遙遠的一年

過客

那漢子鬆開拉緊的韁繩，讓他胯下的馬順著官道緩緩溜蕩著。黃昏從他背後悄悄爬起，慢慢地向那遼闊的原野展開，塗抹了這一望無際的黃土地。夕陽落在枯黃的蘆草上，染紅了抖縮在西風裡翻白的蘆花。

那漢子突然揚起馬鞭子使勁一揮，像是想揮去裹在四周無垠的沉寂和秋天的蕭瑟。他揮動的鞭子在空中發出嗚嗚的響聲，驚起了路旁枯枝上的昏鴉，噪叫著在他頭頂盤旋著飛去。那漢子仰起頭來，晚霞燃燒的西天，有一串南飛的雁行，心想不知今夜牠們棲宿何處。

離那漢子不遠的山腳下，有幾縷冉冉上飄的炊煙。於是，他揚鞭呼嘯，他的馬也隨著向前馳騁。那漢子一襲灰色大斗篷，像一幅巨大的旗舒展開來。然而，馬蹄揚起的塵土，卻伴著四周漸濃的暮色，緊緊地把他纏繞起來，風在他身後追趕著。……

那漢子在過客店陳舊的紅燈籠下勒住馬。年老的掌櫃趕過來拉住轡繩，那漢子自馬上敏捷地跳落下來，拂了拂身上的塵土。老掌櫃輕輕撫摸著馬頭，乾癟的嘴喃喃說道，這牲口好牙口。那漢子轉過頭來，多皺紋的臉浮起一絲微笑，隨即搖曳手裡的鞭子走進來，緊跟在身後的矮腳小花狗，不停搖著尾巴向陌生的來客低吠。

屋裡幾張桌子都空著，祇有靠牆的那張圍著幾個趕腳的騾夫，正興高采烈地擲著骰子。在他們桌旁燃燒著熊熊的柴火，紅色的火舌上吊著一隻噴著水氣的大茶壺，煙霧和水氣籠罩在他們四周，使得他們每一張興奮的臉，看起來都是那麼模糊。他們吆喝著喊叫著，似乎沒有注意另一個陌生人進來。那漢子揀了個靠窗的位子坐定，從窗戶破裂的紙縫裡，窺視著這小小村落朦朧的輪廓，正是掌燈時分。

那漢子要了簡便的酒飯，老掌櫃端了上來，他就開始斟飲起來。他彷彿也沒有注意別人的存在，另一個角落的囂叫似乎離他很遠。現在他注視著桌上的酒碗，碗裡有自己搖晃不定的影子。雖然他也曾想將那個影子固定下來，可是卻沒有做到。這些年一直像片雲飄忽著，連他自己也不知道為什麼。不過，他的兩鬢已花白了，裹在行囊裡封了已久的劍，現在也生鏽了。

夜漸漸深了，趕腳的騾夫們都倒在自己炕上安歇了。西北風沿著山坡斜吹過來，吹得衰老的門窗格格作響，村裡燈火也一盞盞熄滅，祇有遠處傳來斷續的犬吠。先前那堆燃燒的柴火也熄了，餘下的灰燼不時跳躍出一兩朵的火星。桌上那盞火油昏黃的火焰不停閃動著，低垂的燈穗不時爆出燈花。

老掌櫃上了店門，轉過身來蹣跚地走到那漢子桌邊坐下，他的狗也跟著蜷縮地臥在他腳邊。然後老掌櫃從腰帶取出他的旱煙袋，裝上一袋煙，朝著桌上的油燈對火，閉上眼睛輕輕地吸著。那漢子手端著酒碗，凝視著老掌櫃煙袋明滅的火苗，和他鼻孔裡噴出來的煙。

「嘿……好長的二十年……」那漢子突然大笑起來，老掌櫃睜開了眼睛望著他，微微掀動嘴唇似乎想說些什麼，卻又凝住了。他們又沉默相對，互相注視著彼此牆上的影子，彷彿想從那搖晃的影子裡，尋找歲月轉變的滄桑。臥在老掌櫃腳邊的狗，也被那漢子的笑聲驚醒了，迷茫打量著他們。

屋後傳來一聲雞啼，已過三更，窗外霜月正朦朦。

賣劍

那漢子出得店來，回首向懸在店門前黑漆金字招牌望了一眼，深深嘆了口氣，緩緩走上街心的青石板路。陽光已從對街的屋脊上爬起來，映在他削瘦臘黃的臉上。昨夜的峭寒還留在四周，緊緊地纏著他，他不覺打了個寒噤，又重重咳嗽起來。於是，他停下步子，把懷裡那把插了草標的劍抱得更緊了。

不久，他轉入了大街，站在街頭上，舉目四望，陽光下的街頭顯得特別明亮生動，兩旁的店舖都下了舖門，各種不同顏色的布旗在和風裡招展著。突然，他想起現在已是春天，剛剛他經過那條長巷時，一家巨宅後園怒放的桃花伸出牆來，春天街道上的行人也變得熱鬧起來，嘴角上彷彿都掛著一朵被春風吹發的微笑。

遠處傳來一串清脆的鈴響，那漢子閃到路旁，抬頭望去，一匹白馬踏著輕快的碎步，向他馳來。馬上坐著一個青春年少，那少年頭戴一頂范陽氈笠，笠頂撒著一把紅纓，朵朵紅纓在春風裡挺立著。外披一領白緞子征衫，在風裡展開，征衫展開處，露出了腰間懸掛寶劍的紅穗，那紅穗隨著馬前那串銅鈴的聲響前後搖曳著。那少年手裡握著一條新發的柳枝，不停地向樓頭伸出的紅袖揮動著。

那漢子望著那少年的背影，漸漸消逝在街道外堤旁的柳蔭叢裡。他記得那堤岸的柳林，他來時單調的枯枝顫抖在西北風裡。而現在似煙的鵝黃柳已冉冉升起。柳條飄拂處，閃出了一串酒家的紅燈籠……那少年的身影好生熟悉，那漢子低頭尋思著；正是自己十多年前，「玉劍身邊橫，金杯馬上傾」的情景啊！他笑了，但卻笑得那麼黯然，嘿，真的少年弟子江湖老了。他又抱著懷中的劍，緩緩向前走去。

終於，他到了橋邊，聚在橋邊的集市也開始喧囂起來，他揀了市頭外的一塊空地，把抱在懷中的劍使勁地帶鞘插入泥中。那是把非常精緻的劍鞘，上面雕著古樸的花紋，也許長年日久了，留下了許多褐黑色的鏽斑，但劍柄卻被把玩得透著烏油油的光亮。然後，他又撿了一塊小鵝卵石，從腰裡掏出了一張折疊的黃紙，在地上攤開來，四角用幾塊石子鎮著，那紙上寫道：「鄙人途經貴地，不幸……」

那漢子盤膝在劍後坐定，閉上眼睛，低下頭。雜亂灰白的鬍子垂到胸前，像一個山間松下靜坐的老僧，任許多陌生的腳步，在他面前停下又匆匆流過。漸漸地，有幾個丫角的娃娃圍攏來，蹲在地上，先茫然地看看地上壓著的那張紙，又端詳著那把豎立在地上的劍，閃動的小眼睛浮著許多疑問，不停地向閉著雙眼的那漢子臉上搜尋著，同時悄聲的議論著。

「這劍使得嗎？」

「使得的。」那漢子微微抬起頭來，緊閉的雙眼突然睜開，像兩點寒星射在幾個圍在四周來趕集的莊稼漢身上，然後微微一笑，緩緩地說。

於是，那漢子立起身來，捲起袖子，將他那襲灰白的袍衫撩到腰際，一伸手握著劍柄，輕巧而快捷地將劍從劍鞘裡拔了出來。劍鞘仍然豎立在地上，四周響起一陣叫好聲。那把出鞘的劍，在陽光下發出耀眼的光芒，那光芒卻透出森森的寒氣。然後，那漢子又坐下將劍當胸抱定，用左手的食指在劍背上敲叩了一下，隨即發出鏘然的響聲。

「這是把好劍，」他一隻手輕輕撫摸著劍背，是那麼輕柔，像撫摸著愛人輕柔的秀髮。「砍銅剁鐵，劍刃不損，吹毛得過，」說著他從頭上拔下一根頭髮，在劍刃上輕輕一吹，斷成兩截。「還有，殺人不滲血……」他輕輕說出，目光始終注視著手中的劍，彷彿四周的人都不存在，祇是他喃喃自語的寂寞獨白：「這把劍跟了我二十幾年，晝夜不離身，比最親的親人還親，誰想到，唉……」

「你會使喚嗎？」一個莊稼漢彎著腰問他。

那漢子霍然躍起，將劍梢齊眉心一舉，深深提了口氣，圍在四周的人紛紛向後退了幾步。那漢子左手向天一指，右手揮劍而出，劍像一匹白練在空中劃了一個圈，劍尖遽然向下垂，深深插入地中，那漢子跟著向前一個踉蹌，扶著劍咳嗽起來，突然，一口鮮血從口中噴出，滴落在劍柄上，鮮紅的血順著雪白的劍刃朝下流。

「怎的？怎的?!」

「不礙……，不礙事。」那漢子搖晃著將劍還鞘，搖搖頭，苦笑著，廢然坐下。又閉上眼睛，胸口急喘地起伏著，灰白的鬍子還沾留著幾點血星。

看劍的人也搖頭嘆息著散去了，那漢子仍木然坐在地上。他感到春天暖洋洋的陽光，在他頭頂移動；他聽見趕集的人，像定期的潮汛漸漸散去；他感覺他四周越來越空曠，越來越寂清。

那漢子仍然坐在地上，下午的斜陽把他的孤獨影子越拉越長，祇有他那瘦長的劍影默默地伴著他。

花雨

那漢子穿過落英繽紛的桃花林，又漫步過鵝黃柳似煙的湖邊堤。這是春天，但春天卻在他身外，他漠然地走在春天裡，徘徊在鞦韆的牆外道。

十年的刻骨相思，深深埋在心裡，飄泊在牆外塵土滾滾的江湖道，都祇為，祇為了那年春天，牆內、樓頭上、珠簾沉垂處，紅袖嫣然一笑。

那漢子又徘徊在牆外，萬丈的高牆，終禁不住他縱身一躍。多少次，他徘徊在牆外；多少次，在黃昏、在月夜，他曾想縱身一躍，但每當提氣自丹田升起，到後來又廢然嘆息。他無法躍過，躍過他一步就跨過的那道無形的牆。他背負了太沉重的包袱，從很久很久以前，綿綿續續，一直累積到如今。於是，他祇有倚牆哭泣，哭泣那些已失去的，卻纏繞在心頭、無法扯去的累積。

那漢子也曾想揮劍斬斷，斬斷那條魂牽夢縈的絲，但他卻無力，無力拔劍出鞘。因為感情的花火迸然閃亮，縱然那是一瞥的一剎，就像眼睛一睜一閉，那一睜一閉已是永恆。於是，他祇有哭泣，哭泣在那高牆外，哭泣在這卻道無情似有情的春天。十年的江湖夜雨，十年的風裡孤燈，十年行腳遍歷大江南北，無數次秦樓楚館的媚笑後，終無法排遣，排遣那心底飄浮的明亮似水柔情。

他曾風露終宵，他曾借酒澆愁，他曾馳騁狂奔，他曾蹣跚長巷，他曾提劍傲笑……但，待後來，那風露，那花影，那長巷，那傲笑，都落在春天裡。最後，在春天，在燕子疾飛，遍吻滿地桃花淚痕的春天，他祇落得踽踽獨行，踩過牆外春雨綿綿後，滿徑的花泥。

又是春天，又是黃鶯啼醒的春天，又是酒肆紅燈籠搖曳在柳如煙的春天，又是畫舫的輕槳，點破湖面輕波的春天。那漢子的白馬急馳而來，然後，躍馬落地繫馬橋頭，又向兀坐橋頭瞌睡的老人，問如今伊人何處？

那老人緩緩睜開記憶的眼，緩緩地訴說道，牆內、樓頭上，伊人盼、伊人怨、伊人啼、伊人憔悴、伊人杳……悄悄地像春風拂過青青的麥田，淡淡一抹新綠處。

於是，那漢子長嘯、躍馬、奔馳而去，他身後有高牆，有高樓，有南風吹起的似雪、似霧的花雨漫天，但漫天的花雨卻是那麼淒迷……紅袖在遙遠，在遙遠的天際招展，像孩子在南風裡扯起的，招展在春天蔚藍晴空裡的紙鳶。

出城

那漢子出得城來，一鞭西風，滿懷蕭索。登登的馬蹄，踏亂了滿地明月似霜。更回首，夜已三更，城樓燈火朦朦。

幾分冷清，幾分醉，辜負了燈前的胭脂約。薄粧淺黛，新怨舊愁，欲留君住君不住，且任君去！那漢子低首輕喟，祇怕年年天涯路，望不斷碧雲天裡的南飛雁陣，聽不盡旅店孤燈下的窗外疏疏雨。

一帽風塵兩鬢霜，千里奔馳，祇為了一見別後經年，在亂山影裡徘徊，也抹不去烙在心上的伊人面。更相見，依稀當年，畫堂前，杏花微雨紛霏，新柳似煙，盈盈的眼，盈盈眼裡流動的盈盈的笑，相對無言，嬌羞情無限。如今重來，相對亦無言，盈盈眼裡卻流著瑩瑩的惱人淚，雙眉顰，人已悴。

「你回來了。」

「我說過，我會的。」

「一去？」

「十年。」

「落得下的？」

「還是一肩明月，兩袖清風。」

「你還是老樣。」

「老了，少年弟子江湖老了。妳呢？」

「枕冷、衾寒，怨與盼！」

「他呢？」

「他也走了。和他，是一個錯。」

「哦……」

他沉吟窗前，他垂頭不語，簾外夕陽半卷。黃昏已悄悄爬上階來，漸漸地，暮色隨著梧桐葉寂寂落，庭外有棲巢的歸鴉，又是掌燈時分。

「罈裡還有半罈殘酒，是你餘下的，我封好的。」

「上次我醉了。」

「嗯。」她輕應著，端走高燒的銀燭臺，移向桌前，桌上已擺妥兩付盅筷。

「這次我又要喝醉。」

「隨你……」她低聲淺笑。

於是，那漢子走到桌旁，坐定。端詳著擺在桌上的那只酒罈，那是一只很古樸的酒罈，墨綠的釉，罈底有一圈墨綠的波紋圖案，襯托著凸出的墨綠牡丹花的花紋，牡丹花和枝葉佈滿了整個罈面。瘦長的罈影在燭光下，落在那漢子的身上，一如他瘦長的影子落在地上。那漢子望望那罈子，又望望坐在身旁的她。她正微笑的望著他，臉上綻著一朵嬌羞的微紅。那酒罈和那笑容都是他熟悉的。記得那年她家春酒新釀成，他跑回家搬了這個酒罈來，偷偷地灌滿一罈酒，她密密將罈口封好，再由他紮緊，搬到地窖裡藏起來。他氣吁吁地跑回來，悄悄地在她耳旁說，等哪天真的在一塊了，再打開一塊喝。騰然一聲冷笑，在他們身後傳出，他們驚回首，桃花樹下卻站著另一個他。

那漢子雙眉緊皺，深深地嘆了口氣，立起身來，用衣袖將罈口的積塵擦去，又將封緊的罈口啟開，一陣濃醇的酒香撲鼻而來。於是他輕輕捧起罈子，將酒傾倒進酒壺裡，自己先酌滿一盅，又為她酌了一盅，然後舉杯一飲而盡，她也陪著淺啜了一口。十年前，也是這樣對飲，衹是淚眼相看，因為明朝將隔天涯，相見不知何年。

他們默默地坐著，那漢子默默地舉杯暢飲，她默默地望著他。他飲傾一壺，她又為他滿酒，誰也不願啟口先說一句話。任月影悄悄爬上窗外的瀟湘竹，透入簾來，任銀燭的燭涕滴滴點點，在桌上凝住……

終於她站起身來，走向窗旁的几邊坐下，伸出纖纖的手指，輕輕撥動著封塵已久的琴絃。一聲幽幽的琴韻，在靜謐裡擴散開來。那漢子也放下酒盅，附著琴聲低低地唱和起來，他的聲音是那麼瘖瘂悲愴。

漸漸地，琴音急切起來，像山澗中的溪流，激盪著岩石似的急喘，那漢子的調子也隨著高亢，像遙遠遼闊原野裡旋起的一陣風沙。……突然琴韻和歌聲都歇止了，那漢子轉過去，凝視著正在撫琴的她。她抬起頭來，剎那間他們的目光凝緊了。於是，她立起身，他也向前邁步，但衹跨出一步止住了。然後，那漢子絕然轉身，奪門而出，她也隨著追出門去，倚著階前的闌干，低聲垂泣。

那漢子衝出朱門，解下繫在石欄上的馬，躍馬奔馳，奔過寂靜的長街，來到城門，翻身下馬，向守城的老軍拱拱手，牽著馬匆匆走出城去。守城的老軍睜開惺忪的眼，驚異地望著那漢子的背影，走過護城河上的吊橋，他一身灰白的征衫，在月光下變得更白，突然想起現在該是關閉城門的時辰了。

山路

那漢子走下黃塵滾滾的官道，邁進了一條崎嶇向山的小路，在路旁一棵老榆樹的涼影下住腳，摘下頭頂的草笠扇動著。抬頭打量豎立在面前濃鬱的山巒，一股清沁的山風迎面吹來，拂動了他敞開懷的短衫衣襟，和袒露在胸前的那叢黑色的胸毛。六月晌午陽光直射的炙熱，和被驕陽點燃的萬頃青紗帳，都拋在身後了。

於是，那漢子咧開嘴笑了起來。然後，他又彎下身子，紮了紮腿上的護膝和腳下的麻鞋，又緊了緊腰間的褡膊。肩背著一只包袱，手握著懸在腰上的刀柄，加緊步子，沒入山中。

那漢子一路行來，祗是半柱香的工夫，已踩著去年留下的滿徑紅葉，還有烙在地上搖曳的樹影，扇著滿懷的松風，到了山腰。他撿了個路旁古松下的山石，放下包袱，解下腰間的

刀，脫了草笠，轉身奔向樹後澗水匯集的一泓小潭邊，蹲下去掬了幾捧的澗水，喝了。隨即從褡膊裡取出幾瓣蒜，剝開吃了。又伏下身子，將臉浸在冷冽的澗水裡，過了一會才抬起頭來，將嘴裡噙著的澗水噴出，那噴出的水凝成一道白色的小水柱，跌落潭裡，濺起一朵浪花。他用衣袖抹去沾在絡腮鬍子上的水珠。又回到松樹下。

他坐在山石上，俯望著剛剛自己走過的羊腸山道。又抬起頭來，眺望著山下那一望無際的青紗帳的田野，田野間是那條印著他腳印的黃土官道，筆直的黃土官道伸向遙遠的天際，遙遠的天際是一片茫茫的煙塵。他知道那煙塵後面，還隱藏著許多不同的路，許多他走過的不同的路；許多不同的路旁，有他歇過的荒村野店，有他醉過的酒樓飯莊，有他宿過的秦樓楚館，有他傲笑過的十里長街。是的，那些許多路，他走過的：在風裡，在雨裡，在黃昏，在破曉，在淡黃的蛾眉月夜裡……泥濘的路上，有他的腳印；寂靜初雪的原野上，有他的腳印；在楊柳岸，在小橋旁，在大江南北，在長城內外，都留下他的腳印……在風塵僕僕的江湖道上，他是一片晴空飄浮的流雲。

但，為什麼？想到為什麼，那漢子的雙眉突然緊皺起來，心裡像欲雨的鉛雲翻騰起來。他立身而起，走到崖邊，看看四周寂寂的山林，山下點點的田野，一陣難遣的孤寂，不覺自胸中升起，於是他開始仰天長嘯起來。那嘯聲雖然高昂，卻有太多的鬱憤悲涼，漸漸地向他走過的那許多不同的路播散開去。

那漢子的嘯聲，卻驚起了幾隻躲在草叢裡的山兔，四下奔竄。那漢子順手撿起一塊石子，向其中一隻擲去，那山兔應聲仆倒。他一個箭步躍去，提著山兔的耳朵，回到樹下，才想起是該吃飯的時候了。於是，腰中掏出了一把匕首，動手把山兔的皮剝下來，然後拔起一棵小樹，用匕首削尖，將剝妥的山兔串起來。又撿了些枯松枝，集了些落在地上的松針，取出火石和紙捻點燃火，將山兔在火上燒烤。烤落的山兔身上的油，滴在燃燒的松枝上，發出吱吱的響聲。還沒待烤熟，那漢子已扯下一條山兔的腿啃嚼起來。不一會，他吃完了整隻的山兔，到潭邊喝了幾口水，撿起包袱，掛了腰刀，又上了路。

那漢子撫摸著肚子，繼續走在山路上，嘴裡哼著他自己也不知從哪裡聽來的小調，順手採了一朵路旁的野花，插在鬢間。他一面走著一面玩弄著那把匕首，他不停地將匕首從一隻手拋出，又用另一隻手接著，拋出的匕首，在陽光下泛著耀眼的光芒。那漢子笑了，笑得像兒時在池塘邊打水漂那麼開心。

走著走著，那漢子已經翻過山巔，上了下山的路。天已過午，太陽漸漸西斜，突然，他看見一個樵子擔著一擔柴火，也正走在下山的道上。那漢子心裡浮起一陣欣喜，像飄盪在湖上的孤舟，突然迎面傳來幾聲漁唱似的欣喜。自清晨他穿過那遼闊的青紗帳，現在又孤獨走著寂寂的山路。現在終於看見一個和他同樣是人的人，於是，他加緊腳步向前追去，並且高喊著。走在前面的樵子停下來，放下擔子，轉過頭來向他揮手。那漢子走近樵子，高興地說：「請──」突然，那樵子眼睛裡充滿驚悸，指著他手裡的匕首，顫抖地說：「你──殺人了……」說罷，轉身狂奔，一面奔跑，一面喊著：「他殺人了，他殺人了……」那聲音是那麼尖銳、淒厲，整個的山谷都響起了回聲，不斷地激盪著：「他殺人了，他殺人了！」

那漢子茫然地站在那裡，望著那樵子消逝在林間，才想起自己手裡的那把匕首，才發現匕首上沾滿剛剛剝山兔遺下的血跡。於是，他笑了，大聲開懷地笑了。

但等那漢子走完山路，準備步入山腳下的村莊的時候，他驚訝地停下步子，不解地望著一群集在村頭上對他怒目而視的莊稼漢。他又隱隱地聽見躲在莊稼漢背後的幾個堂客，正竊竊私語說道：「他殺人了，他殺人了……」

於是，那漢子嘴角掛著一絲淡然的笑，昂然闊步從那莊稼漢群中穿過，又穿過村莊。山風從背後吹來，還雜著幾聲斷續的犬吠，他卻沒有回顧。

野渡

那漢子的馬在道上奔馳著，像一支射出的箭。從遠處望去，他和他的馬在廣漠的原野上，祇是一個移動的小黑點。

那漢子把身子貼著馬背，一隻手拎著馬鬃，一隻手緊拉著韁索，他胯下的那匹灰馬四隻雪白的蹄子，在空中翻騰著。馬蹄揚起的塵土，在他四周擴散開來，飄散在午後斜陽的原野上，凝聚成一團輕煙。

那漢子頭頂一個草笠，草笠下是他兩道深鎖的濃眉，他目不轉睛地專注著前方，前方是條筆直伸向遙遠的路。他的馬奔馳著，呼呼的風灌進了他的雙耳，道旁的白楊樹，一棵接一棵迅速地向他身後倒去，消逝。就像他道上的朋友一個個倒下，或悄悄自江湖隱去，現在祇

剩下他還繼續奔騰著。但他卻越來越孤獨，越來越寂寞，就像行走在黃昏的原野上，背著夕陽，看自己的影子一樣孤獨與寂寞。但他還是這樣奔騰著，卻不知為了些什麼？就像現在一路奔馳而來一樣。

他奔馳著，奔馳著，突然他胯下的馬，一聲長嘶，立起前蹄，才發現他已奔馳到路的盡頭，一條茫茫的大河橫在他的面前，於是他敏捷地跳下馬來，牽著他的馬走到河邊，焦急地四下眺望。

扭轉頭來，他發現道旁兩棵老柳樹間，搭著一個茅棚，茅棚裡端坐著一個老者，正微笑望著他，於是他走了過去。

「有船過渡嗎？」那漢子站在棚外，急切地問。

「有，剛過去。」那老者緩緩地說。

「下次呢？」

「怕得半個時辰。」

「哎！我有急事！」

「急事？急事也無法。沒船，插翅難飛。」那老者笑著說。

那漢子抬頭望望面前的河，碧綠的河水湍湍地流著，再往遠處看，隱隱地看見河的對岸一片茫茫。他低下頭來深深地嘆了口氣。

「還是歇歇吧，看你跑得灰頭灰臉的。」那老者立起身來，對那漢子說。一陣河風吹來，那漢子覺得身上有些微涼，才發現自己身上衣裳已經汗透了。再轉過頭去看看他的馬，那馬全身也被汗水浸濕，口裡不住吐著白沫。心裡有些不忍，於是便向老者點點頭，說了聲「歇歇也好」。於是便牽了他的馬走到河邊，放了手裡的韁，讓馬自在去飲水，他也蹲下身子掬了兩捧水淨淨臉。然後牽著馬回到棚邊，將馬肚皮下的皮帶鬆開，在馬臂上輕輕一拍，他的馬便跑到道旁啃起草來。然後那漢子便走進了茅亭，那老者從黑色的大瓦壺裡，傾出一大碗茶遞給那漢子，那漢子接過來一飲而盡。老者又為他倒了一碗，他端著茶在那老者對面撿了個凳子坐了下來，心裡的急躁也隨著平和了。

那漢子打量著那老者：約莫六十歲的光景；一頭披散開的灰白髮，額前用灰白布條紮著。灰白絡腮鬍子環繞的臉上，刻劃著非常深刻明顯的皺紋；身披一件白土布外襟小褂，敞著懷，露出茸茸變色的胸毛，和一身鬆了的肌肉；手握一把舊蒲扇輕輕搖著。

「急什麼？」

「去會一個人。」

「朋友？」

那漢子沉吟，那老者望著他笑了起來，然後說：

「一定是仇家子了。」

仇家子，那漢子聽了，突然雙眉倒立，祇因為幾年前，那人一個誤解在他胸前劃了一刀。青山不改，綠水長流，現在一路奔來，就為了找那人了結這事。他想著想著便立身起來，解開衣襟讓老者看他胸前的那個刀痕。

「不輕呀，如今已經好了。」那老者望著那條長長紫色的刀疤，淡然地說。

「好了?!我心裡的還沒好！」那漢子咬著牙憤怒地說。

「冤仇宜解不宜結呀，人家砍你，你也砍過人家。」那老者放下手裡的蒲扇，順手從他身旁的案板上，拿起他的旱煙袋，打著火石，點燃紙捻，裝妥煙，輕輕地吸了一口，噴出一口淡淡的煙。

「此仇不報，誓不為人！」那漢子恨恨地說。

「坐下，先坐下，要報仇也不急這會兒，你也吸一袋。」那老者說著把煙袋遞給那漢子，然後站起來，脫下自己的小褂，彎下身子把背朝那漢子，反手指著自己的背，對那漢子說：

「我這塊比你那塊長多了。」

那漢子望著那老者背上的那塊刀疤，從脖子一直延到腰際，刀疤的兩旁還翻生著凹凸不齊的肉牙，那漢子理會，這是道砍得很深的刀傷。

「你也是——」

那老者沒有回答，披上小褂又坐了下來，望著茅棚外那漢子正在啃草的馬，和插在馬鞍上行囊裡的刀柄說：

「想當年，跟你一樣，也是騎馬玩刀的。當然，我也氣過，恨過，後來想想算了，算了，老弟臺，凡事都得退一步想呵。」

「退一步想?!」那漢子複誦著老者的話，廢然地坐了下來。低著頭沉思良久，突然，他仰天大笑起來，那笑聲像夏日午後驟雨前，突然迸出烏雲的鬱雷。那老者聽見那笑聲也隨著笑了起來。然後又拿起他的煙袋，靜靜地吸了口，又平靜地說：

「這兒還有個剛從地裡摘來的打瓜，摔了，咱倆分著吃。」那老者從案子下取出了一只瓜，用手輕輕一拍，瓜分成兩半，一半遞給那漢子，一半留給自己。於是他們低下頭啃起來，他們一邊吃，一邊話著家常。雖然他們衹是萍水相逢，素昧平生，連彼此的姓名都不知道，但他們卻說著，笑著，像兩個久別重逢的老友。

突然，那漢子霍的站起身來，向那老者說：

「我得走了！」

「船還沒有彎回來……」那老者迷惑地望著他說。

那漢子沒有答話，走出茅棚，打個胡哨，喚來他的馬，緊了緊皮帶縱身躍上，扭轉身來向那老者拱拱手，說了聲「後會有期」。轉過馬頭，向他剛剛奔來的那條路緩緩馳去。

那老者也步出了茅棚，望著那漢子的背影漸漸遠去。然後，他想到該是渡船回來的時候了。於是走到河邊將纜索清理妥當。他站在岸邊瞇著眼，眺望著他天天守望的這河。河上有白帆數點，河水像平常一樣平靜地流著，但他卻從來沒想到這條河有那麼寬。

聽戲

那漢子歇進了過客店，淨罷臉，更了衣，對著案上的孤燈，飲盡了一盞熱茶，滿身的風塵都被遣去。然後移步窗前，推出滿窗秋月，眺望著滿城不知是誰家的萬盞燈火，深深地噓了一口氣，這又是另一個陌生的異鄉。

還是上街蹓個彎吧，他想著便掀起門簾，跨出門檻。

「爺，還沒用飯吧？出門向西，過碑坊朝南拐，老朱家的燒羊肉、菜合子城裡出名的。門口立了個生鐵大涮鍋……」剛出房門，夥計就貼了上來，堆著一臉笑，殷勤地說。

「前途用過。」

「那就聽戲，老朱家不遠，就是富春園，新來的班子，今晚的戲碼是——」

那漢子扭轉來，笑著說了聲「謝了！」就走出店門去，那夥計望著他的背影飄過過客的燈籠，步下臺階，簷下褪色的燈籠在秋風裡搖曳，秋風也捲起那漢子夾袍的衣裾。

街上正是華燈初上，那漢子信步走著，過碑坊南拐，不久就到了富春園。站門口佇腳觀望，一個丫角的小女孩攏了上來，她手裡挽著一只小籐籃子，籃子裡整齊地排削好的青蘿蔔，還紫心的。她仰著臉望著他說：「鮮的，霜打的，很脆。」那漢子從腰裡掏出幾枚制錢給她，順手取了塊，就走進了園子。園裡戲已開鑼。

門內一聲吆喝：「看座！」一個堂倌就迎了上來，引他在離臺不遠的八仙桌旁坐定，另一個堂倌端上四個乾果碟擺妥，然後又沏上一壺茶，酌上一杯退去。園裡幾十張桌子都圍坐人，有的在高談闊論，有的嗑著瓜子，有的閉著眼睛，晃著腦袋，手不停在桌上敲著節拍，還有幾個半大的孩子在桌子縫隙間嬉笑的追逐著，和著臺上緊密的鑼鼓……園子裡翻騰喧囂，使他暫時遺忘了一路馳來的西風黃葉道。

那漢子收回目光轉到臺上，突然被場面上那個彈月琴的吸住了。那彈月琴的身穿一襲黑色長衫，頭戴一頂黑色的破舊氈帽，帽沿下露出兩鬢壓不順的灰色髮，一如他兩腮參差不齊的鬍子。他雙目微閉，手指隨著胡琴的節奏，熟練撥著琴絃。在這嘈雜的園子裡，他挺腰寂然坐著，彷彿除他和他懷裡緊抱的琴，這世界上一切都不存在了。

那漢子注視著他，不時低頭尋思，嘴裡還喃喃地說：「奇了，奇了。」臺上的戲繼續唱著，那漢子的目光始終沒有離開彈月琴的那張風霜的臉，直到最後大軸「夜奔」，扮演林沖的武生，高亢地唸到：「這真叫俺有家難奔，有國難投」時，他突然睜開了眼，炯炯的目光射在林沖悲愴的臉上，隨即又閉上，低下頭緊緊抱住懷裡的月琴。

散戲了，聽戲的一哄出了園子。那漢子卻仍然坐在那裡不動，靜靜地看著那彈月琴的緩緩站起身，彎著腰清理他的琴。那漢子也跟著站起身來，終於喊了聲：「哎——老哥哥！」那彈月琴的被那漢子的聲音怔住了，立即放下手裡的琴，轉過身來，驚訝地望著那漢子。當他們目光接觸時就凝住了，接著那彈月琴的削瘦臉擠出了笑意，匆匆走下臺來，那漢子也趨向前去，在臺口兩雙粗糙的手緊緊握住。嘴裡同時迸出：「你，你——」卻一句話都說不出來。

兩個異地重逢的老友終於平靜了下來，把肩走到場子裡，隨便檢了張桌子坐下來。場子裡人已散盡，幾個堂倌正沒精打彩地收著桌上杯碟，臺口懸著的兩盞明亮的大吊燈已經熄滅，場子裡變得更黯暗，更空寂。

「你突然退隱江湖，到現在十多年了。」那漢子望著他老友良久才說出這句話。

「那都是過去的事了。」彈月琴的黯然的說。

「你怎幹起這營生來？」

「自己演，倒不如聽人家唱，都是戲呀！」彈月琴的笑著說，又指著空洞黑暗的臺上，「老弟，剛剛你不是都看見了，臺上燈火輝煌，出將入相，喊聲震天。有唱花臉的，有唱白臉的，有唱紅臉的，有鼻梁抹了白粉的，也有過了河的卒子當車用的……，像走馬燈似的，一齣接一齣，如今歇了，明兒又會開鑼，唱不完的，看不完的。」

「你退出江湖，躲到這裡，就為了聽戲？」那漢子迷惑地問他。

「可不是。」那彈月琴的淡然一笑，說：「會聽就聽，不會聽就看。有時自己也想，我能扮唱什麼？後來想透了。臺上的，我一個也不能唱，祇有撫琴聽戲了。」

說罷，彈月琴的大聲笑了起來，那漢子也隨著笑了。他們粗獷的笑聲，在空寂的園子裡擴散開來，發出嗡嗡的回響，幾個清理的堂倌也停了活，不解地望著他們。

「走，喝酒去！」那彈月琴的拉著那漢子朝外走。

戲園外，夜深人已靜。滿街明月的石板路上，有一雙移動的影子，驚跑了那隻路旁覓食的夾尾巴狗。

對奕

那漢子爬完一層佈滿青苔的石階，回首來路，已沒入雲煙繚繞處。更仰首上觀，是一片幽寂的竹林。晨風裡的蕭蕭竹韻，喚回他親切的記憶。是的，這竹林是他熟悉的。尤其是竹林間那條通幽的曲徑，是他從孩提時上山，青年時下山，每天必須清掃的，這是先生為他規定的晨課。

想到先生，那漢子心裡就湧出難以平息的激動。尤其現在又重回到兒時的舊遊地。他還記得臨下山的那天清晨，整妥簡便的行裝，取下懸在床頭的劍，照例到竹林清掃昨夜悄悄落下，覆滿小徑的枯黃竹葉。掃妥小徑以後，就坐在這石階上，俯覽著腳下，彷彿是兒時故鄉草原上，萬千隻綿羊擁擠在一塊輕輕蠕動的雲海。漸漸由一抹淡淡的微紅轉入深紅，然後一輪旭日破浪而出。四周的山峰閃動耀眼的金色霞光。他慢慢看清剛剛被雲海波濤吞沒的山和樹。於是他想到那個即將面臨的陌生世界，不禁躊躇起來。

「該上路了。」不知什麼時候先生已站在他身後。於是他立起身來，恭敬地隨著先生穿過竹林，回到他居住了十多年的小茅屋，取了包裹和劍，俯首站立在先生面前。

「得饒人處且饒人，劍，能不出鞘就不出鞘！」先生炯炯的目光注視著他，鏗鏘有力地說，然後又輕輕揮揮手，緩緩地說了聲：「去吧！」

於是那漢子跪倒在地，向先生叩了三個響頭，說了聲：「弟子謹記。」強忍著滿眼的淚站起來，轉身昂首闊步走出屋外。屋外有一片松濤的奔騰，「我也要去，我也要去！」那漢子聽見身後有童子的喊叫，然後又聽見先生叱呵一聲「回來！」他已走下松林坡……

於是，他被捲入江湖，翻騰在滾滾的紅塵裡，穿過多少次刀林劍雨，牢記著先生那句「得饒人處且饒人」，他的劍從沒有出過鞘，卻也闖蕩出了一個虛名。但已落得滿身斑斑傷痕，那傷痕都是被許多支暗箭，從背後射傷。

現在他又回來了。石上青苔依舊，竹林還是自蕭蕭。他漫步入林，那條林間的小徑，仍被清理得十分乾淨。他走在林間的小徑，深深吸了一口清沁的空氣，心也隨著沉靜下來，這是多年江湖闖蕩，很難尋得的那份失去的寧靜。他緊握著繫在腰間的劍柄，輕喟的嘆息道：

「爭，有什麼好爭的?!」的確沒有什麼好爭的，獲得和失去，都同樣令人悲哀。多年在他心裡纏不清的問題，現在突然霍然想通了。於是那漢子不覺笑了起來。

出得竹林，是一條狹窄的棧道，下臨千仞深淵，想到自己初來時，每次經過這裡都膽戰心驚，現在卻輕輕一躍而過，再轉過一座山坳，他看見蒼松蔽著的一角茅舍。那漢子已抑止不住，放步奔馳過去。但等接近山頂，他的步子卻又沉重地緩慢下來。他低著頭慢慢走著，靜靜地聽著山澗潺潺流著。突然他想起前面有泓清澈的泉源，於是，他抬頭來，看見一個青年正蹲在泉邊，手提著一把陶壺汲水。那漢子停下步子，端詳著那年輕的身影，好生熟悉。突然，那青年轉過頭來，驚異地望著他，然後又驚喜地放下手裡的壺向他奔來。

「你——你是大師哥！」

「你——？」那漢子困惑地問。

「我是竹寒，你起的名字。」那青年天真的笑著說。

「哦——」那漢子用手在腰間一比。他想起每天清掃竹林小徑時，跟在身邊礙事的娃兒，於是他也開懷笑了起來。

「先生呢？」那漢子又問。

「二先生來了，一到，兩位老人家就把棋盤擺上。兩個人在那棵老松樹下的茅亭裡，面對面盤坐著腿，眼睛注視著棋盤，整天也不說一句話，不動一顆子。到了黃昏，兩個人同聲說一句『平』就大笑進身，相擁進屋，掌燈喝酒，閒話家常。這樣已經三天了，現在又坐下了，我取水為他們煮茶，也沒個輸贏，真悶死人。」

「你現在還不懂，慢慢就會知道。」那漢子若有所思地說。

那漢子親暱地擁著那青年走著，突然那青年停下步子，仰著頭望著他說：

「昨晚，聽二先生說，你如今在江湖上很有名，我要跟你下山。」

「再說。」那漢子微笑了笑。

他們說著說著，已走到山頂，自然地放輕了步子，談話也停止了。那漢子望著遠處茅亭裡，一雙鬚髮皓然的老人，寂然對坐，亭外是棵蒼勁的松，松上藍天裡有片飄浮的雲。

赴約

那漢子勒住馬頭，緩步入村，迎面有隻夾尾巴老黃狗的沉吠。他舉目四望，幾處茅舍已起炊煙，在黃昏的寧靜裡縷縷上飄。屋簷下有幾個光臀的村童，用奇異的目光注視著他。更回首來路，夕陽盡入田野裡中那一大片松林中一團燃燒的火紅，在西天慢慢地化散開來。

那漢子穿過村子，跨過一溪澗澈的小木橋，在一幢依山的茅舍前，下得馬來。拍著緊閉的竹扉，高喊道：

「老哥哥，我來了。」

頃刻，竹扉呀然啟開。門啟處，顯出了一張蒼老的臉，紫黑的臉膛上懸著飄胸的白髯。那老者看見門外站著的漢子，臉上立即綻出燦然的笑。在一陣揚起的嘹亮笑聲裡，他朗聲問道：

「怎的？如今才到。」

「閒事絆住了。」那漢子應聲答道。

那老者跨出門來，接過那漢子手裡牽的馬。那漢子轉身卸了鞍羈，又在馬背輕輕地拍了一下，低聲笑著說了句：「你也該歇歇了。」

「你也歇一會。」那老者一面牽馬進院，一面轉過頭來笑著對那漢子說。那漢子對著暮色中的山林嘆了口氣，一手提著包袱，尾隨入院。

他進得院來，四下打量，庭院寂寂依舊。幾年來，每到這個時節，他總會彎到這裡盤桓些時日，和這位忘年的故人把酒敘舊。暫時遠離江湖的風雨，滾滾的紅塵，過幾天臥東山數歸鴉的閒散日子。那年，他初來，就深深地愛上這綠蔭裡的幾間茅屋，和那屋後的青山，院前的流水。還有門前幾株似煙的垂柳，院裡幾畦碧綠的蔬果，階下幾籬雜開的繁花，更想不知何時自己才拋開世態炎涼，覓得這片寧靜。不禁羨慕地說：

「老哥哥，你真會找，找得這分清閒。」

「老了，總得找個窩趴趴，」那老者說著，又輕輕嘆了口氣，「走過江湖道，躲到哪裡都落不得清閒……」

等那老者把馬繫在槽上轉來。他老哥倆攜手步過一段碎石子小徑，進入堂屋。那老者忙著捧水給那漢子淨臉，又沏了茶。那漢子端起了茶盞，詫異地道：

「老嫂子和姪子呢？」

「他娘倆——娘倆進城去了。」接著他又說：「好在他們為咱倆留下兩隻燒雞，廚下還有幾罈今年的新酒，夠咱哥倆吃的喝的。」

然後，那老者從廚下端出了兩隻燒雞和一罈酒，擺在桌上。他們沿著桌子對坐。原來黯暗的屋子，隨著院子裡落下的暮色，現在變得更暗了。於是那老者從腰裡掏出火石和火摺子，打著火，點亮桌上的燈。於是，躍動的燈焰燒去了四周的黑暗。那漢子打開酒罈，斟滿兩碗。順手扯下了一隻雞腿，又舉起面前的酒碗，朝那老者一晃，一飲而盡。那老者也端起酒碗陪著乾了。放下酒碗又倒滿，互相端詳了一會，相顧大笑起來，那笑聲驚動了烙在牆上的一雙巨大的人影，不停晃動著。

突然，那漢子的笑聲止住，他的目光落在牆上，在那老者影子蔽蓋的牆上，原來掛著簑衣和笠處。竹笠下面竟懸著一口刀。那口刀他是熟悉的，烏木的刀鞘被九道銅箍扣緊，刀柄上還綴著九隻連環的銅環。這是那老者闖蕩江湖三十年，排難解紛，隨身攜帶的兵刃。自從七年前，老者當眾封刀，宣佈從此退出江湖。並且決絕地說，這口刀再出鞘之日，就是他身亡之時。然後就祕密地息影這裡，除了那漢子，再也沒有誰知道他隱在那裡。因此，那漢子每年來這裡，事先總把他自己的劍，緊緊裹在包袱裡。兩人相對，除了喝酒下棋，話話桑麻，絕口不提江湖上的刀光劍影。沒想到這口刀現在竟突然出現，不得不使那漢子深鎖起眉頭來。

「老哥哥，出了什麼大事嗎？」他問。

「沒有，怎的？」那老者似不解地說。

那漢子指指牆上掛的那口刀。那老者扭轉頭去看到自己的兵刃，突然仰天大笑起來。那笑聲有抑不住的豪情，但卻滲著幾分蒼涼。接著他說：

「既被老弟識破，我就直說了。等咱弟兄倆喝完這場酒，老弟，你走馬上路，我還得趕去赴一個朋友的約。明年老弟再來此，怕衹得獨飲了。」

那老者說罷，端起碗來又喝盡一碗酒。起身將刀摘下，抱在懷裡撫摸了許久，深深地嘆了口氣，廢然坐下來，他說道：「昨天夜裡，我收到一個邀約，約我今夜子時，在村外松林一晤。今晨我已送你老嫂子和你小姪子他鄉投奔。就盼你今天能到，專等老弟來此，咱們哥倆痛飲一場。如今你來了，我已了無牽掛……」

那漢子靜靜地聽那老者說著，他再倒滿一碗酒喝了。然後，立起身來，走到那老者身前，輕輕地拍著他的肩。半天沒有說一句話。驀然，伸手奪了那老者抱在懷裡的刀，說了聲：「老哥哥，我去了。」轉身奔向屋外。那老者也隨著躍起，奪門而出。等他到了階前，那漢子已躍牆而去。

那老者楞楞地站在那裡，看著那漢子的身影，在月光下，像一隻灰色的鳥，落在橋邊，又迅速地繼續向前。四野寂寂，祇有田間的蛙鼓，伴著遠處傳來的斷續犬吠，村裡的梆鈴正敲奏三更。

起解

那漢子雙手抱膝，頭深埋在膝間，獨自倚牆而睡。身下墊著一張灰白的蘆草蓆。牆外天色已大白，一道初起的晨曦，越牆而入。透過天窗的琉璃瓦瀉了下來，給這陰暗的牢房裡撒下幾許光亮。混合了每間號子發散出的汗水和便溺的氣息，凝聚在整個牢房裡，濃得散不開來，新的一天又開始了。

一聲「提審」，喚醒了那漢子的滄桑夢。他慢慢抬起頭來，在那蓬散亂的頭髮和絡腮鬍子環繞裡，出現了一張朦朧的臉。兩道皺起的濃眉下，雙目微睜似寒星兩點，自他的號子的角落裡閃射出來。隨即落在手扶鐵柵、望著他的老牢卒的身上。

「牒文已下，發配滄州道，即刻登程，解差獄頭在外候著。爺，就動身吧。」那年邁的牢卒一面緩緩說著，一面將笨重的鐵鎖打開，推開了鐵柵牢門。

那漢子伸了個懶腰，一躍而起。腳下的鐵鐐發出了碰擊的響聲。他站起來，環顧四周，對自己蹲踞了數月四尺見方的小地方，竟生了依戀之情。這些年來，他很少有機會在這麼長的時間，單獨一個人在一個固定的空間裡獨處。當他初進這間號房的時候，的確侷促難安了一陣。總覺得這小小的籠子容不下他這隻鳥，多少年傲嘯江湖，多少年馳騁城鄉，真的很難固定下來的。他曾搖晃那每一根攔住他的鐵柱，鐵柱沉默地立著；他曾捶敲圍住他的三面牆壁，牆壁沉默地立著。漸漸地，他開始沉靜下來。過去幾個月他讀熟了堆砌牆壁的每一塊磚，他摸遍了攔住他的每一寸鐵柱。從最初的繞室而行，變成現在的木然而坐。許多的喧囂奔騰而去，餘下的祇是一片空寂的寧靜，他的心情突然擴寬了。許多過去想不透的事，現在都想通了。他想，雖然這次進來是為了「莫須有」，卻沒有想到在刀林劍花裡翻騰了這麼多年，祇有這次才是真正為自己的歇息。而且經過這幾個月的磨練，他已經真正體會到「獨坐多思己過，閒談莫論人非」的意義了。

於是，那漢子嘴上浮著一絲淡然的笑，拖著沉重的腳鐐，走向門邊，彎身出門。一個不在意滑了個踉蹌，站在門前的老牢卒輕聲說：「爺，仔細了。」他點頭笑笑。

那漢子隨著老牢卒身後，在狹長的牢房的過道裡走著，過道的兩旁整齊排列著一格格的號房。他沉重的腳步伴著鏘鏘的鐐聲，喚醒了每一間號房的難友。於是，每一排鐵柱後面都出現了一張蒼白的臉，沉默地看著那漢子昂然地走過。還有許多瘦瘠的手臂，伸出鐵柵向他搖動。那漢子雙目向前平視，沉默地走著，等他走到過道的盡頭，突然轉過身，抱拳在胸，向左右一揖，朗聲道：「俺去了，青山不改，後會有期。」他宏亮的聲音在陰暗的牢房裡，響起嗡嗡的回聲裡，傳來一片雜亂的「一路平安」的聲音。那漢子扭身便走。跟在身旁的牢卒，眨著微濕的眼睛，低聲說：「到那邊，您的屈總有伸的一天。」

那漢子隨著牢卒在大堂口站定，大堂口上的公案後面，已坐定了一個長官。兩旁站立了幾個差役。那牢卒站立堂口，高喊一聲：「配犯帶到！」坐在公案後的長官咧開嘴唇，從齒縫裡迸出一個冷冷地：「傳——」

那漢子走到案前，雙膝跪地。那長官點了他的名字，又問了他的生辰籍貫，他都一一應了。然後，那長官又立起身來，迎著堂口射進來的陽光，呆板無情讀了牒文。又坐下身來，說了聲「刺」！兩個差役上前來，一個走到那漢子後面，順手抓住他散亂的髮髻，向後一扯，那漢子的臉便向堂上仰起，另一個從腰裡掏出一只小包，從小包裡取出一根針來。然後右手舉起針來，熟練地向那漢子面頰刺字。隨著針刺，那漢子黑黃的面頰上浮出點點血珠來。然後又用墨在刺過的面頰上抹塗。於是，血和墨在那漢子臉上凝結，現出了兩小塊方方的印痕。

那漢子緊閉的雙目流下兩行熱淚來，淚水迅速地流過他面頰的印痕。於是淚和未乾的血墨融在一起。那漢子深深嘆了一口氣，他想，一生的清白，從此被這兩塊小小的方印沾污了。

兩個差役刺了面頰，那長官又喝了一聲：「上枷！」另兩個差役，抱著一個七斤多重圓頭鐵葉護枷走過來，一個站在那漢子身前扶著他的頭，另一個在身後將枷戴妥釘牢。然後那長官下得位來，在枷上仔細地檢視一遍，貼上封皮，又用朱筆在上面畫了押，回到位上，從籤筒裡抽出一支火籤，投在地上，大喝一聲：「起解！」

兩個背著包袱，跨著腰刀在堂口等待的解差，奔了過來，撿了地上的火籤，轉身扶起那漢子，下堂而去。

那漢子隨著兩個解差下得堂來，繞過堂前的花壇，走出了隱避牆，隱避牆外又是一道巨大的高牆。巨大的高牆牢牢地圍著整個監牢。他們行到大門，看門的老軍打開厚重的鐵門，他們走了出去。那漢子走過護牆壕溝的木橋，停下步子，再轉過頭來，監牢的大鐵門已經緊閉。祇有大鐵門懸著的大虎頭，正張著大嘴向著太陽。每一顆牙齒都是把明晃晃的利刃，在陽光下閃閃發光。那漢子回過頭，深深吸了口氣，抬頭仰望湛藍的天空，六月清晨湛藍的天空裡，沒有一片雲絲。他喃喃地道：「好一個青天！」

雪天

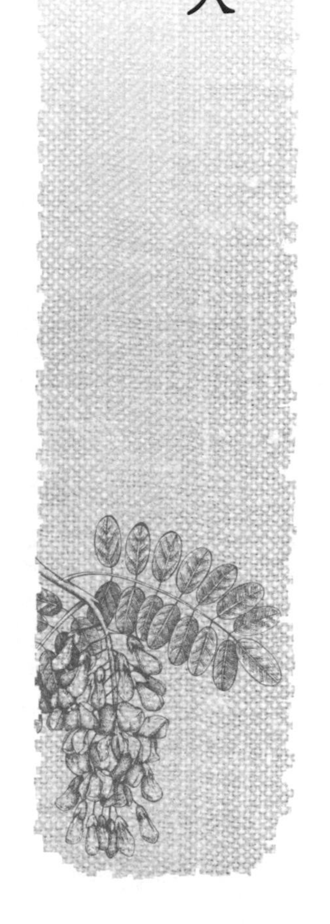

那漢子理妥行李，紮成個包袱捲，跨了腰刀，扭身向營裡的眾弟兄，拱手道了聲後會，順手取了支花槍，挑起包袱，扛在肩上，隨著撥差去了。

出得牢城營門，朔風撲面，他駐腳回首觀望，密布的彤雲沉沉壓下，豎在營門前兩支旗竿，高高聳立，頂住了整個陰霾的天空，懸在旗竿上的營旗，在風裡嘩嘩飄展。幾粒細小的雪珠，冰冰涼涼地落在他臉上，又飄飄撒撒地沾在他的氈衣上，他自言道：「又要下雪了。」騎在馬上的撥差，也抖了抖斗篷上的雪珠，回頭望了他一眼，沒有答腔。得得的馬蹄踏著地上結凍的殘雪，那漢子緊跟在馬後。

望著那撥差馬上高大的身影，那漢子不禁嗤的一聲笑了起來。曾幾何時，他也曾前呼後擁地走馬長街；也曾架飛鷹牽走狗，春郊試馬；也曾聽罷竹絲弦管、扶醉歸來，任馬蹄踏破深巷的空寂。

又有幾粒雪珠飄落在他臉上，頃刻融化成點點水珠，他用手揩抹，手落鬢髮間的那塊金印上，祇因為這一方小小的金印，不僅沾污他一生的清白，以往的繁華都如煙似夢了。於是，他斂住笑容，低低喟然輕嘆，隨即手又向外一甩，像似想甩去周遭的一切，如今他真是手空空無一物了。

那撥差在馬上聽得他的笑聲，轉過頭來，問道：「笑啥？」

「沒啥。」那漢子應聲回答，又向前趨了幾步，站立馬前，扶著馬韁，仰臉向上，道：「咱們拐個彎，到牌坊街茶館歇歇腳，我孝敬您幾盅。一來謝謝您的抬愛，二來暖暖身子，趕趕寒氣再上路。」

「使得。」那撥差勒住馬頭，微微傾身答道。於是，那漢子拉著馬，頂著風向前，像撒鹽似的雪珠愈落愈緊了。

自從那漢子刺派到此，牢城管營念他是條漢子，祇因被人陷害，才落得這般光景。因此，就留他在營聽差。那漢子覺得自己流落此處，識得的人少，免去了許多世俗的交往，能自江湖恩怨中拔身出來，倒也落得安閒。也許這就是嚮往了多年的息影江湖。他想，祇要真的想隱，世間到處都可以隱，何必一定要有山林，……這些都是多少年一直在想，卻又想不通的。沒有想到來到此處，不過半載，突然能從劍雨槍林裡超越出來，到達一個過去一直尋找，卻無法尋找到的那個境界。於是千里尋仇，鬥氣爭勝，那個鮮血淋淋的現實江湖，已離他遠去了。他心裡又出現了另一個遼闊、清澈、寧靜的江湖。雖然如今落得罪衣罪裳，心裡反而坦然了。端的是滿眼皆是青山，胸中自有天地了。

所以管營要他去接替有病的老軍，看守離城十里外的一所倉房，他欣然答應了。營裡的弟兄們都說離開城太遠了。他說：「充軍哪裡還有近遠。」弟兄們又說，一個人看守孤零零的倉房，太冷清，太落單了。他卻說：「世路如今已慣，此心到處悠然。」的確，這樣的心境真的是別人很難了解的。

撥差在茶館門前下了馬，那漢子接過馬來，在簷下繫妥，然後尾隨著揭開厚重的棉簾，進得屋來。屋裡生著火爐，暖洋洋的。那漢子隨著撥差揀了個座，取下包袱，靠牆豎了花槍，接過撥差的披風掛了。然後自己也脫下氈衣坐定。堂倌取來酒菜擺妥。他二人相對的飲起來。

「老哥，當日在江湖上好名頭。」那撥差舉杯朝那漢子說。

「爺說哪裡話，都是江湖上朋友們抬愛，浪得個虛名。」那漢子又為那撥差酌一盅，忙道：「憑我幾招繡腿花拳，真不值識者一笑。」

「老哥，過謙了。」撥差又喝下一盅。

然後，那撥差又問了些江湖上的事。那漢子一一回答。所說的那些事，有的是他自己親自參加的。現在談起來，卻是那麼平靜，像是說與自己無關的別人的事似的，彷彿是在講古。那撥差聽得津津有味，連站在一旁招呼客人的堂倌也湊攏來了。

最後，那漢子講到自己得罪事，突然激動起來！

「如果我再遇見那廝，一定——」他猛拍一下桌子，站了起來，使另外幾張桌子的客人都楞住了。正趴在櫃檯上打盹的老掌櫃，也被他驚醒，睜開惺忪的睡眼，直直的望著他。那漢子四下一望，覺得自己酒後有點失態，他想什麼都撇開了，連這點小小的恩怨都還忍不下嗎？於是，他又慢慢坐下來，自己酌滿一盅酒，放在唇邊低低啜了一口。然後說：「醉話，全是醉話！」說罷，他自己仰天大笑起來。

「該上路了，雪大了難走。」那撥差推開酒盅說。

於是，那漢子又要了兩斤熟牛肉，打了兩角酒帶著，結了酒錢，隨撥差出了店門。街上鵝毛似的大雪已紛紛落下。那漢子隨在撥差的馬後，轉了大街，街面上十分冷清，許多店鋪的舖門的門板祇下幾塊，偶爾有幾個趕路的人，都縮著頸頬子，匆匆從街廊下走過。突然，前面奔來一輛轅車，和那漢子擦身而過。車輪濺起的殘雪，沾了那漢子一身，也浸濕了他腳下的毛窩子。駕車的揚鞭呼嘯而去，那漢子連頭也沒有回，繼續隨在馬後默默地走著。

他們來到城門，撥差下馬，敲開守城的房門，守城的老軍正在房裡，擁被而臥。撥差喚醒老軍交了批票。那老軍披了衣裳，出了房門，站在城門口望著他們出城，嘴裡還喃喃地說：

「這麼大雪天還出城，小心迷了路。」

他們二人出得城來，過了護城河，河裡的水已經結凍，呼嘯的北風，吹著漫天飛旋的雪花，四野一片白茫茫。風雪裡，有幾隻找不到寒枝可棲的老鴉，呱呱叫著自他們頭頂疾飛而過。

解劍

那漢子把驗罷的度牒塞進腰帶裡，向把關的長官拱手道了聲多謝，準備反身躍馬。突然，那長官喊道：「壯士，請留步。」

於是，那漢子隨即轉過身來，詫異地望著那長官。那長官是個青年的後生。雖然他玄青幘巾上綴的那朵紅櫻已經黯然，但卻抑不住他眉宇間的那股英氣。那漢子暗忖在這荒僻之處，竟有如此俊秀之人。

「何事？」那漢子冷冷問道。

「壯士，莫非是——」那青年長官道。

「不敢，正是在下，請問長官如何得知？」那漢子疑惑地問。說罷，手撫腰帶，朗聲大

笑起來。

「壯——先生，」那長官先說壯士，隨即又恭敬地改口稱先生。「先生的大名，在江湖道上，大家都仰慕得緊。」那漢子聞言，冷漠的臉上浮現了一絲笑意。沒有想到在這荒涼的關山道上，竟還有人知道他的名號。但又想這幾年來，自己種種困擾，都是因這個虛名引起的，隨即一聲輕喟，那絲剛浮現的笑意又消逝了。

那青年長官轉過頭去，對身後的兵丁囑咐了幾句。於是一個兵丁走向前來，接過了那漢子的馬。那青年長官也趨步向前，悄聲道：「請先生移步茶亭，稍息片刻。」

那漢子隨在那長官身後，走進茶亭。那茶亭座落在離關卡不遠的崖壁間。茶亭用山中的茅草搭建，時日已久，攀滿了藤葛，非常淳樸。茶亭內散放著數張桌凳。那漢子進得茶亭，憑欄而立。重重青山羅列，幾朵閒散的雲霧飄浮著。更俯首崖下，一線澗水在疊綠的山谷間蠕動著。一陣山風迎面吹來，一路行來的風塵全消，……那漢子轉過頭來，對身後恭立的青年長官道：

「如此清幽的地方，老弟是幾世修來的。」

那青年長官請那漢子坐定。店家奉上茶來，酌滿一碗，那漢子道了有勞。端起碗來喝了一口，連聲道好茶。那青年長官又陪著輕啜了一口，然後說：

「這裡的確冷清些，山下有個集鎮，周圍十里地，除了我們七八個弟兄駐守在此，和茶亭的這對老夫婦外，再沒有其他人居住。這關卡過於偏僻，一日難得有幾幫客商經過，像先生這樣隻身單劍的，晚輩調來此地半年，還是第一次遇到。不知今日先生何往？」

那漢子聽到那青年長官問得一聲「何往」，放下了手中的茶碗，深深吁了一口氣。他想這些年來，身陷江湖，在刀光劍影裡穿梭。今宵酒醉此處，明朝酒醒天涯。這一步跨出後，又不知下步跨向哪裡。那漢子略微沉思，然後說：

「此次想往關東，探訪一位久別的友人——」那漢子說道，但他看著那青年長官注視著他，虔摯聽他講話。於是嘆了口氣：「老弟，你非我道中人，今日萍水相逢，他日再遇或成陌路，對你實說無妨。實不相瞞，此去關東，祇想覓一無人識得的所在，暫時住下，歇個幾年。」

「如此說，先生莫非有息影之意？」

「息影？談何容易。似我等這種混跡江湖之輩，很難自拔，何處有如此青山供我們退隱？我此次離開關中，不過是自逐而已。自逐於紛紜之外，退居於市井之中，覓一繁華城鎮，暫時棲身。」

「先生如今功業，多少人仰慕，何作此想？晚輩自孩提時，就常聽先人談起。」

「不知老弟尊大人的台甫名號怎樣稱呼？」那漢子問道。

「先人臨終之時，叮嚀再三，不可向人提起他的名諱。並且一再告誡，不可捲入江湖之中。晚輩如今憑著幼時窺得的幾手拳腳，才得此營生餬口……」

那漢子沒等那青年長官講完，挺身而起，躍出茶亭外，面對青山長嘯起來。那嘯聲起自丹田，緩緩上升，綿綿不絕地縈繞在山谷中。突然，那嘯聲戛然而止。那漢子似已解開了胸中的鬱結，轉身步入茶亭，握著滿臉迷惑青年長官的手道：

「老弟雖然不說尊大人的名諱，但我知你是故人之子。我的功力不如尊大人遠甚。如今看來，我的心胸更不如他。」說著，將繫在腰帶上的佩劍解下，然後又對那青年長官道：「這把劍隨我闖蕩江湖廿多年，一切的恩怨是非，都結在這把劍上。我雖說自逐於是非之外，但仍仗劍而行，可見我還有戀棧之心。如今，我想把劍寄存老弟之處。」

說罷，那漢子雙手將劍奉到那青年長官面前。那青年長官惶恐地說：「如何使得，如何使得！」那漢子已把劍交到他的手中，又深深一揖到地。然後，轉身奔向亭外，解開繫在樹陰下的馬，一躍而上。雙腿一夾，那馬向前竄去。等那青年長官捧著劍清醒過來，奔出茶亭，高喊著：「先生，先生……」那漢子的馬已穿過關卡，沒入青山中了。

雨林

那漢子走著走著，住腳回首，身後來路的茫茫曠野，突然掀起一塊烏雲。那烏雲的雲腳，從遙遠的地平線上跨出，翻騰著向他奔馳而來，迅速地遮蔽了半邊湛藍的天空，使曠野外一帶蔥綠的山崗驟然暗了下來。

於是，他轉身凝立，靜觀那突起風雲的變幻。叢叢翻動的烏雲，像海裡一波波湧起的海浪，湧起後擴散，擴散後突然又湧起……便想起那年羈留海邊的荒村，一個刮風的日子，他兀坐海邊的岩石上，端看驚濤拍岸。在浪濤擊碰著岩石迸裂處，有艘漁舟似箭，破浪而出，沉浮在波濤洶湧的海上。站立船頭的漁人，迎浪撒網。突然，一個巨浪捲來，吞沒了那漁舟。他驚悸地站了起來，但卻被身後的一隻手按住。他回首，發現按在自己肩上的那隻手，是一隻非常粗糙的手，他更抬頭，看到一張皺紋重疊，環繞雪白虯髯的臉，眼含微微笑意向他說：

「不礙事，不礙事——」

那漢子再轉過頭來，漁舟已經從浪濤裡又浮了起來，那漁人仍佇立船頭，手裡緊拉著網。

「你不懂呀，」那老人在那漢子身旁坐了下來，注視著那浮沉在浪濤裡的漁舟，把手裡的旱煙袋含在嘴裡深深地吸了一口，然後輕輕吐出，淡淡地說：

「你祇是個站在岸上的人。」

那漢子聽了老者說，驚訝地望著他，他們相顧良久，然後，大笑起來。他們的笑聲，隨著碰擊岩石的浪花向四下擴散開來……

「祇是個站在岸上的人——」那漢子想著那句話又笑了起來。是的，他現在真的是一個站在岸上的人了。一頂竹笠，一襲藍衫，一雙麻鞋，一只包袱，手不執劍，腰不繫刀，飄灑於江湖之外。了無俗務纏身，不必像過去，如一支搭在弦上的箭，隨時向一個固定的目標射出，僕僕於風塵之間了。因此，他有更多仰觀青山，遠眺綠水，靜看江湖風起雷動的時間。

如今，他站在那裡。雖然，在廣曠遼闊的原野上，他祇是一個微不足道的小黑點，他仍然站在那裡。風隨著翻捲的雲在原野四處掀起，掀起了原野上的滾滾黃沙，剎那間飛沙走石，在他四周織成了一層迷茫的風沙帳。他已經無法透過這厚厚的風沙帳，看清遠處的一切，祇覺得陣陣的沙粒撞擊著他的面孔……但他仍然站在那裡。因為，他覺得孤獨一個人。站立在原野上，迎接那突起的風暴，雖然他祇是一個站在岸上的人，卻也是一種新的經驗和嘗試。

突然，繫在項下的帽帶被風吹斷，戴在頭頂的竹笠被風吹落，風吹起他一頭披散的頭髮，被風吹起的頭髮迎風立起，像無數支在風裡飄展的旗。幾粒黃豆大的雨點跌落在他臉上，涼涼地，「呵呵，真的要下雨了。」緊接點點雨珠貫穿成的雨箭，射在他的身上，剎那間，淋濕了他的衣裳，於是，他仰天大笑。喃喃地說：「雨要落，終歸要落的！我們似乎不必祈求風雨不要來，祇看我們有沒有面對風雨的勇氣。祈求與哀告是沒有用的，要來的總是會來的……」

想著想著，那漢子又笑了起來，他想落再大的雨，關他啥事，如今他已是站在岸上的人了。但風還在刮著，雨越下越大了。雨水順著他的頭頂，像許多奔騰的小溪，一條條地灌流下來。漸漸地，四周的黃塵被濾落的雨水澄清了，隔著那層雨幕，他可以看清原來的周圍一切景物。他隱隱地聽見一陣馬蹄朝他奔馳而來。他揉揉眼睛，抬起頭來，看見一個人騎著高大灰馬在他面前勒住。馬上端坐著一個漢子，穿一套黑色緊身行衣，背後插著一雙亮晃晃的鋼刀，雨水順著刀柄滑落下來。那漢子再端詳坐在馬上的那人，好生面善，彷彿在哪裡見過的。

呵，那漢子突然記起，在一次道上朋友聚會的場合裡，大家談論如何與外道上的劃清界限。那個坐在馬上的人也在座上，他慷慨陳辭，不僅要劃清界限，分別涇渭，而且必須徹底斬斷與外道的一切關係。說著，說著，他突然從身後抽出了鋼刀，啪的一聲，他面前的八仙桌落下了一隻角。那漢子看著那人一臉凜然正氣的表情，好生感動，很想和他論交，沒想到那人說罷，就起身來，走出了大廳。那漢子看著他玉樹臨風的背影，有失之交臂的惆悵。沒有想到卻在這裡，又是狂風疾雨的當頭遇見了他。於是，那漢子驚喜地扯住那人的馬韁，但他定神觀看，才發現那騎在馬上的人一襲黑衫，竟是外道的號衣。

「你，你怎麼換了衣衫?!」那漢子驚異地說。

「情勢前後不同，識時務者是俊傑。」那騎在馬上的人竟得意洋洋地說。

「言猶在耳，你怎能——」

「前言戲耳！」那人說罷，抽鞭打馬，在風雨中馳去……

那漢子愣愣地站在那裡，望著那騎馬的遠去，他有被污辱、被欺騙的憤怒。然後他拖著沉重的步子，慢慢向前走去。前面是一片樹林，樹林在雨裡被風吹襲著，像海裡掀起的陣陣波濤。他走進樹林，靠在一棵老樹的樹幹上歇休著，傾聽著樹林外的風聲、雨聲。突然，他發現不論走到哪裡，他都不是站在岸上的人！

雁陣

那漢子獨佇江頭，滾滾江水，捲起了千疊蕭瑟。

岸邊，蘆花層層陣陣，翻蕩在西風裡，茫茫似霧。江上，遙遙的水天相銜處，又浮蕩著一片蒼蒼。那漢子四顧蒼茫，江風飄起他的衣帶，倍覺淒清。他心裡彷彿也存著一大片蒼茫的空白，留待他繼續填寫那無竟的天涯風塵淚。

那漢子舉目眺望，突然發現水天相銜的蒼蒼處，出現了幾顆閃爍似星的小黑點。起初還遙遠得不可捉摸，漸漸地，那幾點縹緲的墨跡聚在一起，在蒼茫的布幕上，清晰地寫出個人字。那人字隨著江風的吹送而浮進，一直浮向江上的天空。江上的天空青湛如洗，那人字隨著天空裡幾絮閒雲，緩緩向那漢子行來。那漢子翹首仰望，然後又低頭輕喟：「又是秋涼了，北雁都南飛了。」

的確，又是秋涼北雁南飛時節。那漢子想起去年這時節，他正在這江的上游飄泊，行經一個濱江小鎮，想起那位久未謀面的故交，順道探訪。那故人竟也像他一樣，出外飄泊去了。於是他心裡泛起十年生死兩茫茫的愁悵。百無聊耐，閒步江濱，碼頭上適有一艘渡船過江，人畜競渡，十分喧雜。那漢子正想回身離去，發現身後竟是座酒樓。酒樓臨江而築，門首懸著一塊匾額，上寫著「浮波居」三字，歲月日久，匾上的金粉脫落已盡。

那漢子看了「浮波居」，心想：「這三個字雅得緊，舉世滔滔，盡是逐波之人。這荒村野鎮，竟有超脫眾生，浮於波上之人。」不由想到那位探訪未遇的友人，為何選這個所在落腳，除了青山常青，江水浩浩外，還有另一番懷抱。那漢子想著不覺摸了摸自己頷下的雜鬚，竟沾了那麼多風塵，和他們相比，真是俗不可耐了。

那漢子進得店來，店小二引他上樓。當時午市已過，晚市未到，十分清靜。十幾張檯面由他獨擁，他選了個臨窗的桌子坐定。俯首窗外，江濤拂岸，整個酒樓確似浮於波上，心裡不覺一暢。這些年來，他行走江湖，人家總認為他必須藉著座上客常滿，樽中酒不空，才能肯定自己的存在。起先他自己也這樣認為，祇有在刀刃舔血，兩肋插刀的狀況下，才能討得生活。直到有一次，他已酒醉，被人簇擁著去觀看一齣戲。在鑼鼓喧囂中，在生淨末丑出將入相的歡呼喇叭聲中，他竟沉沉睡去。等他醒來，已曲終人散，他獨自坐在沉寂而黯暗的戲園中，聽到自己濁重的呼吸，然後他才發現自己的存在。在我們日常的生活中，要肯定自己的確是非常困難的事。因此，我們都會像隻螞蟻似的奔走往來。事實上，我們都是平凡卑微的人，祇要活得像個人，一個自有其尊嚴的人，就夠了。更何必多此碌碌。

那漢子環顧四周，看見對面空白的牆壁上，懸著一副「敏捷詩千首，飄零一杯酒」。他記得這是從杜甫懷念李白詩中集出來的。當年戰亂相阻，杜甫寫這首詩時，還不知李白已經下世。不過，這兩句詩懸在這濱江的酒樓之上，卻又是另一番情景。在那副對聯下擺著一個小几，几上置有筆硯，想來是為客人壁上題詩而設。那漢子看對聯兩旁牆壁留下的許多墨跡，那是客人留下的詩句。那漢子不覺稱妙，這店主設想真周到，也許他自己就是從風塵中走出來的，才能這樣體貼飄泊孤客的寂寞心境。那漢子立起身來，走到牆壁邊，默誦著壁上的題詩。突然他也有題詩的衝動。走到几前拿起筆來，在墨池中潤了一下，但卻又放下來了。心想自己飄泊江湖多年，所過即逝，更何必在此留下痕跡。

於是，那漢子又回到自己位子上，端詳著那副對聯飄灑的筆意。「好一個飄零一杯酒！」不覺唸出聲來，飲盡了那杯酒。突然一聲輕喟自身後傳來。那漢子自顧懷想，竟不知何時樓上又多了一人。那漢子轉頭望去，祇見一個儒生打扮模樣的人，獨據一隅，把盞自飲。那儒生約莫五十歲光景，頭巾下壓著的蒼然髮絲，飄散在耳際。一襲褪了色的青布衫，似沾了太沉重的風塵。那漢子好生奇怪，他自幼棄書習劍，後來人在江湖，遇事總覺自己讀書太少，所以對讀書人都非常仰慕。雖然有時也嫌那些讀書人過於迂腐，但又覺得他們拘泥得十分可愛。在他心目中認為讀書人有自己的天地，漫步於書齋之中，聽聽簷外的風雨之聲，俯仰吟哦而已，為何這個讀書人，竟也像他一樣身陷江湖之中。

「先生雅興，一人獨酌。」那漢子走到那儒生桌前，拱手言道。

那儒生聞聲，放下手中的酒杯，立身還禮道：「在下路經此處，訪友未遇，故而在此歇腳，請問壯士──」

「我們彼此一樣。今日竟能在此相遇，雖是萍水相逢，也是有緣。何不兩下併為一處，共解寂寥。」那漢子說著，就走到樓梯邊喚小二，將那儒生的杯筷移了過來。然後請那儒生上首坐下，那儒生謙讓了半天，始肯入坐。那漢子為那儒生酌滿一杯酒，又舉起自己面前的酒杯一飲而盡，言道：「在下先乾為敬了。」

「多謝壯士厚意，在下也敬陪了。」那儒生飲罷，將空杯朝向那漢子。那漢子連聲道好，自己又酌滿一杯飲盡。

他們互通姓名後，彼此說了個久仰。但等那漢子問道先生何處高就時，那儒生黯然長嘆一聲，言道：「像我們這等營生，何談高就二字。不過依人作嫁，幫閒餬口而已。自古以來都是這樣，百無一用，真的是百無一用啊……」

「先生何出此言，在下讀書不多，也記得幾個古今來的讀書人所作所為，受到人的尊敬。再說，這些年行走江湖，所到之處，提到你們讀書人，大家都尊敬得緊。」

「尊敬？說說罷了，不過說說罷了。」那儒生說罷，舉起酒杯一飲而盡，又嘆了口氣。

「先生似鬱結甚深，」那漢子說著將目光轉向牆上那副對聯，然後又道：「這裡有現成的筆墨，先生何不題詩一首，以抒感懷。」

「感懷倒是不少，不過，說了寫了，也是無益。倒不如銘記在心，對人對己都少麻煩……」那儒生望著牆壁上許多墨跡，喃喃自語道。他說著目光移向窗外，窗外江上已近黃昏，夕陽的殘照落在江心，將奔騰的江水，添上一抹酡紅。江上彩霞滿天，在滿天的彩霞裡，有一行雁陣緩緩飛過江來。那儒生看著飛來的雁陣，突然變得激昂起來，向那漢子言道：

「壯士，請看天上那雁陣排成的人字。那人字正是我想說想寫的。雖然我要說要寫的，有千言萬語，最後也祇有這一個字。這個字自古到今都存在的。不論受到怎樣的摧殘和損害，不論被壓榨得如何扁平，人就是人，人必須站著走路，因為人是有脊樑的，這是無法改變的。」那儒生巍然而坐，目光注視著江上的雁陣。那目光是那麼莊嚴與傲然，彷彿還閃耀著一層瑩瑩的淚影……

那自江上飛來的雁陣，漸漸飛近那漢子。他目送雁陣沿著他身後官道的上空，向遠處的山巒飛去。官道的兩旁矗立著一叢白樺樹，樹葉已被秋霜染黃，一陣秋風吹過，那漢子隱隱地聽見白樺樹伴著長空的雁鳴，正在嘩嘩地歌唱。

師門

那漢子進得城來，在旗盤大街劉家茶館門前，躍身下馬，進得店來。小二吆喝看座，他擺了擺手，走到櫃檯前，茶館的老掌櫃正坐在櫃檯內，手裡夾著羊毫筆，手指卻靈活地撥動著算盤。

「大叔——」那漢子親切地喊著。

老掌櫃抬起頭，瞇著圓圓臉上的小眼睛，端詳著站在櫃檯外半截黑塔似的那漢子。

「您還記得我嗎？」那漢子又問。老掌櫃看著那漢子的臉，突然，睜大了瞇著的小眼睛，用手拍著光亮的腦門，圓圓的臉立即浮起了笑意。

「你看，你看，我真的是老眼暈花了，你不是——」老掌櫃說著，急切地自高腳的紅木椅子跳下來，移動著矮胖的身體，從櫃檯裡面走出來，一把拉著那漢子的手，仰著頭看著那漢子。那漢子另一隻粗大的手，把著老掌櫃的肩膀，他們兩個相顧笑了起來。他們牽著手在一個位子上坐定，老掌櫃吩咐小二沏了壺好茶，轉過頭又問那漢子：

「你去了怕有十年了吧！」

「十一年，連頭帶尾整十一年。」那漢子答道。

「可不是，你走時正是英年，如今兩鬢都花白了。」

「少年弟子江湖老呵！」那漢子喟然而嘆說。

「這幾年你在江湖上闖得個好名聲，」老掌櫃說著，為那漢子酌滿一杯茶。「很多過往的客官都提起你呢。」

「都是虛名，他們言過其實了。」那漢子端起茶盅呷了一口，目光向四處打量。這茶館還像他離去時一樣，十來張黑漆的八仙桌，擦得光亮，正樑上懸掛著黑漆金字的「劉家茶館」的招牌，仍然沒有失去光彩。祇是南牆上掛的四幅王維詩意的畫，畫紙變黃了。當年他來到這城裡隨師習藝，閒暇無事，就來這裡坐坐。老掌櫃和他師父也是舊相識，又念那漢子是個外鄉人，每回他來，老掌櫃就得停下撥動算盤的手，隔著櫃檯和他閒扯一陣子。但說來說去總是那句話：「凡事都得忍，別事事搶先。」當時他年少氣盛，無法了解這句的意思。等自己後來飄泊江湖，在風塵裡打滾久了，越來越覺得這句話對道上的人來，真是至理名言。江湖上多少是非恩怨，都是由此而起。自己在各處闖蕩了這麼多年，成和敗都落在這個字上。看看坐在對面的老掌櫃，正端著自己用了幾十年的陶製小茶壺慢慢吸飲著，那麼滿足，那麼自得，他不禁羨慕起來，喟然地說：

「這兒一切都沒變。」

「這兒一切都定了規，還能變到哪兒去。」那老掌櫃說罷，又嘆了口氣。「景物雖依舊，但人事卻全非了。你看，我頭上的頭髮全掉光了，就是剩下幾撮也全白了。」說罷，摸著自己光禿禿的頭頂大笑起來。突然，他停住了笑聲，問那漢子道：

「你師父的事，你知道了吧？」

提到師父，那漢子面色黯然下來，深深嘆了口氣，然後淡淡地說：

「這幾年也風聞了些。」

「作孽，作孽呵！」老掌櫃點著紙捻子，然後燃著手裡捧的水煙袋，咕嚕咕嚕吸了幾口，望著茶館外往來的人行說：「放著好日子不過，幹麼一定要騎驢上北山！」

「我師父就是愛湊熱鬧。」那漢子若有所思地道。他想到當年在師門習藝的時候，他師父總歡喜說他是某某的傳人，又是某某的私淑弟子，某某又是他的好友……他所提到的都是江湖揚名立萬的人物。如果有道上的成名英雄，從城裡經過，他師父總是熱誠接待，即使以往不識，看起來也像多年的老友。當時他就想如果師父能自甘寂寞些，也許他的武功能更上一層樓，可是他卻是不甘寂寞的。

「湊熱鬧，也不必趕著上北山呀！」那老掌櫃提到「北山」二字，情緒就激動起來。「這幾年北山這一道，在你們江湖上很行時，我就是相不中它。但許多你們道上的都去投靠，我冷眼旁觀看多啦。就因為我開了這小小的茶館，常常看著打我這裡過，去時，興高采烈；歸時，大多是灰溜溜的。但他們都嘴硬，就是不肯認栽了。還像那個吃了人家墳上冷豬肉的齊國男子，到處向人誇耀嘴上抹的豬油，我都看在眼裡，都看在眼裡……」

老掌櫃自顧自地說著，那漢子突然立起身來，提著自己的包袱和劍，向店外走。

「何往？」老掌櫃驚訝地說。

「去看看我師父。」

那漢子出了茶館，牽著馬繞過大街，緩緩地走到他師父的門前。他抬起頭來，突然一楞。原來黑漆的大門，如今竟變了顏色，已換了朱紅。他在門前猶疑了一陣，最後還是舉手敲叩生了鏽的門環。良久，大門啟開。門啟處，露出了一張蒼老婦人的臉。那漢子定神望去，隨即一揖到地，恭恭敬敬地喊道：「師母安好。」

那老婦驚異地望著那漢子，揉了揉眼睛，然後又驚喜地道：

「啊……原來是你，快進來，快進來！」

於是，那漢子隨在老婦人身後，跨進門檻，穿過荒蕪的花壇，進入了他當年隨師練藝的講武大廳。進得廳來四下觀望，不覺有陣難言悲愴湧上心頭。

空曠的大廳，靜悄悄地。往日練武用的兵器架，仍然樹立在大廳的兩旁，祇是兵器架處處結著蛛網。那些過去擦得雪明的兵器鋒刃，如今已經生鏽封塵……

「師父這向安好？」那漢子問。

「從他回來以後，簡直變了一個人。」老婦人哽咽地說，「往日的老友都斷了。藝也不教了，你的師弟們也散了。如今成天坐在後院書房，背那串從北山學來的幾句咒語……」

說著說著，那老婦人掩面悲泣起來。那漢子默默站在那裡，深深地嘆了口氣。然後，走到大廳中央昔日他師父講武坐的太師椅前，跪下向空空的椅子叩了三個頭，立起身來，含著滿眼的淚水，向站在身旁的老婦人說：

「師母保重，我去了！」

說罷，那漢子頭也沒回，走出了大廳，穿過花壇。黃昏的夕陽，從大門外射入，恰落在他身上。

顧曲

那漢子又回到這裡，正是橘綠橙黃時候。他下得馬來，一陣西風入懷，使他感慨又是幾年江湖游蕩的耽擱。

於是，他在村前柳樹下繫馬，幾條零散的柳枝拂在他臉上，稀疏的柳葉在涼風中些些顫抖，一似他心中還沒有穩住的客愁。他舉目望去，山村的茅屋都填補了新禾草，屋上一帶青山，已被秋風吹醉。青山外，天高雲淡，這真是個打場的好天氣。

那漢子步上村前石拱橋，手撫著雕花的橋欄四下張望。觸手處沾上幾分秋天的涼意，但涼意裡卻有熟悉的溫暖。是的，這一切都是他熟悉的。一泓自山上流來的溪水，繞村灣到這裡，彷彿靜止住了。溪水在兩岸枯黃的落葉，和翻白的蘆花襯托下，顯得格外澄澈。在粼粼滑動的波紋間，有幾隻白鵝沉浮。那漢子走過橋來，那個戴著竹笠橫在牛背上的牧童，正歪著頭默默地打量著他，跟在牛背後的那隻小花狗，突然衝出來夾著尾巴對他嗚嗚低吠。那漢子摸著自己臉上雜亂的鬚髭，對牧童微微一笑，心想，幾年未來，竟成熟悉的陌生人了。

那漢子進得村來，村內靜悄依舊。過午的陽光射在晒穀場上，場上攤晒著新收成的金黃稻穀，和屋簷下懸掛著成串晒乾的紅辣椒相映成趣。成群的麻雀在攤晒稻穀間跳躍啁啾。孩子們在場邊堆砌的新禾草上翻騰嘻笑。一夥婦人攏在一起，一面低頭縫補，一面淺談低笑。那個在屋簷下搖著紡車的老婦人，看見那漢子走過來，向他頷首說：「又回來了。」驚醒了在她腳旁曝日的老黃狗，懶懶地抬起頭來望望那漢子，又窩下頭睡去，那漢子向老婦人拱拱手含笑而過。

那漢子轉過村間的小徑，跨過流水潺湲的小木板橋，再往前去，就是他山中寄棲之處了。疏疏的竹籬外，有幾叢盛開的野菊花，三間茅舍品字排列，屋頂上爬滿了枯藤。他推開被松竹遮蔽的柴扉，進得園來，然後拾級而上。兩旁的丹楓似火，菜圃裡的瓜棚架上，垂著幾只枯褐的老絲瓜，幾張殘留在瓜藤上的枝葉，不時在風中翻覆著。四下靜悄悄地，祇有叢竹旁帶著一窩雞雛的老母雞咯咯的低喚著。「莫非他去採藥？」那漢子尋思道。然後他又高聲呼喊：「醉翁，醉翁在家嗎？」

「是你嗎，如今才來呀！」過了一會屋內傳出一個蒼老的聲音。接著一頂白髮從中間堂屋裡踉蹌而出。

「是新醉，還是宿酒未醒？」那漢子望著白髮老者惺忪雙眼，手扶著廊下的柱子，不禁笑了起來。

那漢子和這白髮老者在這裡相處近兩年的時間。他在附近江傍的集鎮的酒樓上，遇到這老者。老者已經酩酊，還向堂倌要酒，堂倌不給，並嚷說他上次的酒錢還未付清。於是，那漢子就把自己桌上的酒遞了過去，並代他付清了酒錢。老者接過了酒，一飲而盡，搖晃著走了過來，說他是個朋友，硬拉回來同住。於是，那漢子隨老者來到山村。見那老者雖然家徒四壁，但卻藏了許多好書。心想自己行蹤遍天涯，不知人生何事忙於馬蹄間，也該歇歇了。這裡環境又很清幽，不如暫時停留下來，抽幾卷書讀讀。於是將腰間的劍藏入劍囊，就和老者共住了。

那老者也有清醒的時候，便拉那漢子到園內松下的石几著棋。不然出門到山中採藥，採了藥就到集上換酒。不過他也會留下一些藥材，留待村裡人來索討。村裡老少對老者都很尊敬，稱先生而不名。那老者從不談自己的身世，也不問那漢子的來歷。有時那漢子憑窗讀書，老者走到他背後說：「漢子，你是學書學劍兩不成呵！」老者稱他漢子，那漢子就稱老者醉翁。老者聽了很高興：「醉翁，好！醉翁，誰又能懂醉翁之意呢。」說罷，大聲笑了起來……

「漢子，你是歇腳，還是路過？」老者走了過來。

「路過，馬還放在村外。」那漢子答道。

老者拉了那漢子的手，到松下石几旁坐定，轉身走回屋內，取了個茶壺和一個黑磕碗過來。腋下還夾了個酒葫蘆：

「酒祇剩下這些，我喝。你就山村客來茶當酒吧。」說著就為那漢子倒滿一碗，自己就舉起葫蘆喝了。然後，又端詳著那漢子問道：

「漢子，這幾年做什營生？」

「游蕩。」那漢子端著茶碗回答。

「游蕩，也是個好營生。」說罷又大笑，舉起葫蘆自顧飲起來，再也不理那漢子。過去他們常常這樣，兩人相處，飲食與共，雪夜爐旁煮酒，削竹籬邊栽菊。但有時卻拉起十來天不說一句話。於是，那漢子立起身來，走到那棵怒放的桂樹旁，順手折了一枝，似想起了什麼，轉過身來，問道：

「剛剛我一路行來，祇見娘行與孩童，那些男人都到哪裡去了？」

「你不記得，」老者說：「這裡連三年好收成，就酬神賽會。男人都到廟上練吹鼓把式去了。過兩天要到集上去比劃了。你來得正是時候。到時有酒有肉，把馬牽過來，等著看熱鬧吧。」

那漢子想到，前幾年在這裡也逢到一次賽會。不過，大家雖然聚在一起，但卻是各練各的，都認為自己那一套最好。等到合在一起的時候，不是你嫌我，就是我怨你，嫌來怨去很難奏出和諧的曲子。最後總是吵吵鬧鬧，亂成一團。所以那漢子問老者道：

「這回還吵鬧嗎？」

「誰知道？每次我都說，沒誰能單打獨鬥唱完一臺戲。凡事都得合著來。蝸牛角上是何事？但又有誰能懂我這醉翁之意呢？」那老者說罷伸了個懶腰。對那漢子說：

「現在我要學陶淵明了。」

「什麼？」

「我醉欲眠君且去。你先到外面走走，等我醒了，到村裡借罈酒咱們回來喝。」說罷，那老者就覆在石几上睡著了。

於是，那漢子出得園來，沿著屋後的小徑，爬上山坡。山坡上鋪滿落葉，落葉上又灑上一層暗紅的松針。那漢子揀了一塊地方，躺了下來，把手枕在腦後，金色的斜陽撫在他身上，湛藍的天空裡，飄蕩著幾朵如絮的閒雲。現在他真是正喜閒雲又去，片雲未識我心閒了。漸漸地，他進入了睡鄉，彷彿隱隱地聽見山後傳來的鼓樂聲。先是急促雜亂，後來慢慢轉入平和了。空氣中飄著秋收後，田野裡燒焦的稻根芬芳。他想，今年也許真是個豐收的季節。

夜讀

那漢子飲盡杯中的殘酒，回首喚店家掌燈回房。那店家在頭前引路，進得房來，店家從腰中取出紙捻，向燈籠對著，然後吹出火苗，點亮了案上的燭火。轉身請問那漢子還需要些什麼，那漢子擺了擺手。於是那店家恭身退出，輕輕地掩上門。

那漢子和衣倚臥床上，雙手扣著後腦門，凝視著案上躍動的燭火。突然，一陣風來，翻動了窗前的鐵馬。他附耳靜聽，一時無法分辨那風聲，是吹亂了廊下的叢竹，還是吹翻了庭裡淺池的殘荷。彷彿又自枯的桐葉降下，一陣淒淒，一陣蕭蕭，斷續吹來，聲聲傳入他的耳中，颳起了太多的家國之思。

是的，那風聲他是熟悉的，尤其這些年來，自己寄跡於江湖之中，託身於風塵之上。雖然家事已不堪想，國事又不堪問。但祇為了胸中所留存的那一點孤憤，他仍一匹駿馬，兩尾瘦騾，馱著幾筐殘卷，東南西北穿梭往來，秋山悵望，春江醉臥，到如今，幾陣霜風，已吹染了項上一簪愁髮；數行雁鳴，更唱皺了眉前幾疊恨痕。踟躕前路，樓前簷下——他已聽慣了太多風聲雨聲。

祇是今夜那風聲卻使他思慮難平。也許日前，他喚艇溯溪而上，登雲峰走訪一位方外的舊相識，一路西風兩岸蘆花，遠近一片枯索。他獨佇船頭，舉目四望，倍感蕭瑟。既至，老友把肩相看，相對無言。然後又大笑相擁著步入禪房。禪房內，香爐裡檀香裊裊上升，淡淡的斜陽，映出窗外幾枝松影。他倆相對坐在蒲團上。突然，他那方外的友人說：「幾年不見，你的風塵味越來越重了。」

那漢子摸摸自己滿面于腮，哈哈大笑起來。

「我說的不是臉，是心。」那方外友人淡淡說。

一個心字吐出，使那漢子沉凝住了。想想自己這幾年，馬不停蹄，風塵僕僕，所為何來？有時他會以「知其不可為」來搪塞自己。但到頭來卻落得似隱非隱，似俠非俠，不知自己到底像什麼。突然，他想起太史公寫的〈伯夷列傳〉來，那裡面隱藏的進退之際，取捨之間八個字，自心頭跳躍而出……想著想著——他微笑起來，笑自己也許真的風塵味重了。

「和尚，你是在說禪呀！」那漢子躍身而起，朝他友人灰色僧衣的肩頭重重一拍，大笑起來。

然後他們一起步出禪房。禪房外，滿山紅葉飄搖在松濤裡，幾朵浮雲伴著晚課的鐘聲閒臥在山間。那漢子向風而立，山風扯起了他的衣帶，突然，他有長嘯的激動，想要藉著那聲長嘯，絕去世俗競營之想。但他回首時，發現他的朋友注視著他，雙目澄清似水，還隱隱浮著笑意。於是，那漢子靠了過去，和他的朋友並肩而立，俯望著腳下的群山，群山寂寂，蒼然一片……。

於是，那漢子從床上起身，推門步出庭外。各屋的旅客雖已安歇，但卻有滿庭的月色在等待他。他悄步下臺階，風已靜，階前卻有寒蟲悲切。他仰望夜空，夜空裡正懸一環皎瑩明月，還伴疏星數點。他閒步庭間，一片落葉寂然落下，飄飄搖搖正墮在他腳下，他挺了挺身子，暗道：「好個天涼已是——」遠處城樓上，遙遙響起三更鼓。更已深，夜已寒，他想明朝雙鬢定添霜。

那漢子又回到屋內，坐在案前，望著案上燭臺涕零的燭淚，心想這是多少旅愁和鄉心凝結而成的。又看著燭蒂的新淚斷續滴下，但那卻不是他的淚。因為他的淚已經流過，如今更無淚可彈了。

現在，他的心情出奇的平靜。於是解開書篋，取出剛自市上舊書坊搜得幾卷殘書。這些年來他雖然東奔西蕩，除了腰中的劍，還攜帶了幾篋書。他一路行來，觀山川、看地勢、在關闕間找遺老退卒攀談，晚間回到宿處再翻書檢討。這已是他每次出遊的習慣了。祇要到一所在，他總會到書肆瀏覽一番，尋覓些殘篇斷簡，由跟隨他的老蒼頭揹著，回到宿處，臨晚批閱。他似乎想從那字裡行間，尋找出一條可行的路。祇是那條路還隱藏在遙遠不可觸摸的地方。因此，才累他一次又一次帶劍行走江湖，每次他都感到像他那兩尾馱書的瘦騾，有太沉重的負荷。

今夜，那負荷彷彿突然逸去。他雙肩感到格外輕鬆。也許人就是那麼蠢，明明自己正行走在一條路上，卻偏偏想著另一條路。因此，落得歧路徘徊，無法前趨。這些年來他就是這樣，放著自己的路不走，卻去走別人的路。如今他才悟到，但已經誤了他太多的行路工夫。於是，他掀開案上攤開的書，一頁頁地讀下去。這些書他過去不知讀了多少遍，但從沒有今夜那麼親近，每一個雕板的字都跳躍而出，一個接一個整齊排列，就像他故鄉長街上鋪的青石板，一塊塊整齊排列，連起來就是一條大路。到這時他才發現那條路早已鋪在他的心中，而且那是一條最易尋到的退路，也是自己這麼多年該走卻沒有走的路。

於是，他立起身來，走到床前，抽出掛在床沿的劍，揮舞起來。一簇森寒的光芒，環繞著他的週身擴散開來，逼人的寒氣，使得案頭的燭火，閃爍抖索，也驚起在他身後啃口的鼠輩，抱頭竄去。他心頭澄清，喉頭卻有些哽咽，不自覺地歌吟起來。那歌吟低沉而悲愴，但卻蔽住了窗外的風聲。屋外的犬吠，伴著遠處傳來幾陣雞鳴，已是破曉時分了。

集市

那漢子清罷盆中的杯碗碟筷，又到灶上添了把柴火，掀開鍋蓋看看牛肉滷透了沒有。然後，在缸裡挽了瓢水，傾入案上的小木盆裡，淨了手，用圍裙擦乾，順手又取了抹布，將店裡幾張桌子揩了一過，走出店外。此時已是過午時分，那漢子蹲在廊簷下的陽光裡。初冬的陽光落在門外懸掛的藍底白字酒旗上，酒旗在淡風裡招搖，漸漸地把溫暖和陽光都引進店裡來。

那漢子提了口氣，伸了個懶腰，手落在微凸的肚皮上，不覺滿足的笑了。心想，這些年的奔波，哪得如此安閒，現在真算是養尊處優了。於是，他從腰間取下那根竹節旱煙袋，又掀起圍裙，掏出了煙包、火石和紙捻，打開煙包取出一撮煙絲，蹲下身來裝妥點燃，深深吸了一口，隨著一叢輕煙從他嘴裡噴出。

從他嘴裡噴出的煙，輕輕的、淡淡的，起先緩緩上升，又慢慢沉下來，在他眼前形成許多不同上升或下沉的弧線。他在陽光下瞇著眼睛，靜靜地觀看著那些不同浮沉的曲線，彷彿想找出到底哪一些是屬他自己的。但卻無法找到。後來他終於明白了，這些年來，他始終飄泊在沉浮之外，沒有浮，又何來沉呢。想到這裡，他不由釋懷了。

「大叔，笑啥？」那漢子抬起頭來，看著廊下站著一個少年，正不解地望著他。那少年是橋頭香舖的小伙計，衹有十二三歲年紀，在香舖生意清閒的時候，就會到那漢子店裡，幫他收收撿撿。尤其晚上收店後，那漢子上了店門，將客人吃剩的菜餚，折在一個大盆子裡，酌上一杯酒，慢慢啜飲起來。那少年就坐在桌子對面，楞楞地望著他。這時，那漢子會在櫃上抓起一把花生給那少年，然後，他飲酒，那少年剝花生，二人默然相對，一任山風從街門頭呼嘯而來。

多少次，那漢子抬起頭來，隔著熒熒的燈火，看見那少年正注視著他，目光裡充滿了傾慕和企望。就像那漢子年少時，隨師上山習藝，最初在山腳下，仰望著那座聳立入雲的青山一樣，並且猜想那青山巔上沾著幾許的霜雪……那漢子就有將心底蘊藏的江湖，向那少年一吐的衝動。但每次他都飲下一口酒，隨即將自己想說的，也一併嚥下去了。衹是幽幽地說：

「將來長大，別學你大叔，一事無成。」

其實，他的確也沒有什麼好說的。就是說出來，那少年也無法聽懂。而且他在這裡停留下來，原本是為了使別人和他自己都能把他忘掉，這樣才能真正自逐於紛紜之外，尋回失去已久的寧靜。

他最初經過這裡，看到一帶青山環抱的田野，有一條清澈的山溪，奔騰著橫貫了這個小集鎮，剛好將這小集鎮分割成兩半，兩岸間有座年久失修的木橋相通，橋的這一端有一條小街，橋的那一端，靠山的地方有座娘娘廟，廟前有一大片廣場。那廣場是酬神時，唱野臺戲用的。但逢二五八的集市，也擺在這裡。那漢子初來時，正是趕集的日子，廟前的廣場上擠滿了人和牲口，他在橋頭樹蔭下繫了馬，信步走過木橋，進入雜在歡笑和嘈雜的人群中。那嘈雜和歡笑發自每一張樸質的臉，每一張臉雖然陌生，但卻又那麼親切。他看著他們，多年隻身行走江湖的淒清和孤獨，突然飄然而逝。這是他過去從來沒有的感覺，尤其這幾年，他四處奔波，彷彿在逃避些什麼，又在尋找些什麼，但卻都一無所獲。那漢子想著想著，漸漸走出了人群，來到溪畔。仰望著青山，俯視著一泓溪水，心想，也許要尋找的，要逃避的都在這裡了。

我們到底要尋找和要逃避些什麼，有時的確很難分辨的。因此，使他想起多年前，讀過的一些史書來。在那些史書裡，記載著許多想逃想隱的人。但他們想逃想隱，都是經過了一陣痛苦的掙扎的。那祇是因為他們想走的無法實現，想獲得的又無法獲得，於是，就飄然而去了。事實上，去是去了，卻一點也不飄然。因為既然要逃要隱，就希望別人永遠將自己遺忘。但他們的名字，卻被寫在歷史裡，也許他們逃得不遠，隱得不深，心裡還存著盼望和等待。如果真的想逃想隱，遍地都是松吟泉韻，到處都是青山青，何必一定要在南畝種地呢……那漢子拍了拍腦門，暗暗地罵了自己一聲蠢，多年浪蕩江湖，所爭者何？所求者何？怎麼連這一點都沒有想透。看來這名關一道，橫在心裡實在誤人不淺……那漢子想到這裡，從地上撿起一個石子，投進溪裡濺起了一陣浪花，就這樣他決定了。

於是，那漢子回身過橋，解開繫在樹蔭下的馬，一路奔馳到城裡去。進了城，他胯下的坐騎還喘息未定，就被賣給馬行的人了。然後又去了押當舖，解下腰中的劍，送進了櫃檯，坐在裡面的老朝奉，接過了那漢子手中的劍，立即將劍抽出來端詳。並且用手指在劍上輕扣，立即發出了嗡嗡之聲，不覺喊出：「好劍！」然後又用憐惜的目光，打量著站在櫃檯外的那漢子。並言道：「人行江湖，都會有遇到週轉不動的時候，這把劍暫存我們這裡……」那老朝奉一面說著，一面收劍入鞘，並提起筆來準備寫票，問道：「壯士，想寫多少？」那漢子朗聲道：「寫滿，當死了。」

那漢子捧著銀錢，從押當舖裡昂然而出，心裡從來沒有那麼輕鬆、興奮過。真的，他終於斬斷了過去牽扯不清的錯絲亂線，如今是了無牽掛了。他現在可以過自己想過，而且完全屬於自己的生活了……。

「笑啥？笑你這楞小子又偷懶磨滑了。」那漢子說著立起身來，舉起手裡的竹節旱煙袋，照著站在簷下那少年的頭上，輕輕敲了一下，隨即大聲笑了起來。

「大叔，廟前來了幾個帶刀的外地年輕人，他們問，他們問——」

「來，看看鍋裡的滷牛肉熟了未，先揀一塊腱子肉給你吃。」沒等那少年聽完，那漢子轉身進店，一邊走一邊笑，那少年緊跟在他身後。

〈江湖老了那漢子〉之後

〈江湖老了那漢子〉刊出後，收到了些〈人間〉轉來讀者來信與投書。過去我塗鴉都是寂寞的獨白，沒想到這篇獨白的獨白，竟引來一串空谷足音。而且其中有些撐著文化的旗，踏著時代音符而來，使我不能再說這衹是吹皺的一池春水了。

在這些信中最使我感動的，還是十年前的一個小女孩，現在已是大人的讀者來信。她說讀了〈江湖老了那漢子〉，使她憶起了十年前的一個晚上，那時她還在中學讀書，正出來發福音單張，在街邊遇見我。當時我已有點醉，坐在石階上，她向我傳講福音。她說當時我給她的感覺，似乎很惆悵。因為我好像努力過什麼，卻失望了什麼似的。因此，她邀我去聽福音，我也答應了。衹是要到什麼樓跟朋友講一聲再來，但她等了一些時候，卻沒有再見我回來……

也許有這麼回事，那是我寫罷那漢子〈聽戲〉的第二天，在苗栗講了一場後，到新竹已是下午，再趕一場。這串巡迴講到此已近尾聲。我事先約定和兩位老同學歡聚，酒罷，還得再趕另一場酒。途中遇見那個小女孩，我是答應她去聽道理的。但那晚第二場講下來，我已沉醉。在沉醉裡我被車載到桃園。因為第二天一早，那裡還有一場講演。

由於那次的失約，十年後她又隨信附來一件請柬，請我去聽她一位主內兄弟講的「人生的意義」。當然，這次我也失約了，因為身在海外。雖然，後來我曾參加一個本行的座談會，回臺北幾天。但都是故園暫繫醉中過，也沒有去找那扇永遠開著的門，看來我真是個該被拯救的人了。

「人生的意義」，的確是一個很嚴肅的問題。但「不糊塗齋」主人的另一封投書，卻完全否定了「我們」的人生意義，並且將「我們」歸入歷史檔案之中了。「我們」也就是他所說的「你們」。這個「你們」包括了我在〈江湖老了那漢子〉提到的唐文標等人，可能他心目中還有「那個世代」其他的人。他說：「你們這群狂狷之士中，有的當年雖信誓旦旦，其實是假狂假狷，終於在海外保釣運動後，露出了真面目。這些人根本不值得批評。而廝守中國，一往情深的孤臣孽子，不是披髮佯狂，就是窮途而哭。你們究竟為我們新的一代留下什麼可供反省探索，可供發揚的具體成績？你們只不過留下一幅幅『救世主』，其實是失敗的反叛者的畫像，供我陳列在心靈的博物館，得暇時瀏覽一番，以激勵自己不要重演你們的歷史。」

他又說：「把救國救民當作少年時代的山盟海誓，把中年以後的挫折當作傷感的浪漫；沉酣於武俠世界，遣懷於狂歌痛飲，熱情的飽和呼應著知識的貧困。那被你們擲向藍空的酒瓶，落回椰林大道時，可以碎成滿地的星星；那被你們雙手愛憐地捧著，卻被那不識字的清風隨意翻閱的《查拉圖斯特拉如是說》可以是大學時代的全部知識。捫蝨清談可以取代下帷苦談。咖啡香菸上煙霧就等於加農炮的火藥味。不通過理論而竟企圖超越理論，以『國事不堪問』作為逃避知識建構的藉口，這究竟是無奈，還是無用？」

「你們最大的敵人其實是你們自己，你們在最實際的事業上，表現出充滿空想的性格，其危險是舞文弄墨可能流於搔首弄姿。公車上書可能變成陳腔濫調。」「還不知中國這漫漫的酷寒幾時將盡。你們便宣傳著那遙遙無期的『中國之春』的假福音，十年如一日，也不覺乏味。當新生代徘徊於文學的大殿外不得其門而入時，你們鬧著有益於助長盲動的實踐意識。無益於建立積極的文學知識的論戰。（積極的文學知識應是理論上闡述文字於社會內在聯繫）當新的苦難，新的罪惡，新的恩怨是非不斷出現江湖，你們卻嘆這日新又新的江湖老了你們，還是你們老了江湖？」

他又說：「你們不是定居在精神動物的王國，而在社會運動中缺席了，就是在社會運動中搖旗吶喊，卻屢過知識的廟堂而不入。你們不是做著無生命的學問，就是過著無學問的生命。你們不是困守書城，就是被書城所困。你們的無可奈何的存在，彷彿向新生代證明，理論與實踐之間存在著無法調和的永恆衝突。而事實上，逃避理論。只是使實踐庸俗化，一如逃避實踐，只有使理論機械化。這是理論與實踐之間的內在邏輯。」所以，他說：「在與我們同其近代命運，而歷史文化不及我們遠甚的第三世界，與你們年齡接近的知識分子中，有的已建立了足以傲世的思想體系。而你們卻快要成為你們中的一員劉大任所形容的『浮游群落』的一代。為什麼苦難孕育了他們巍峨的成就。我們的憂患卻製造了你們惆悵的情懷？」

他提出了一串問題，最後祇落得一聲浩嘆：「唉！你們去退隱江湖吧！像黎明前隱去的昨日之星，明日的朝陽在無垠的空中照耀，就要發光發熱，就要讓你們黯然失色。中世紀的黑暗時期終將過去，偉大的啟蒙時代必將來臨。這是歷史的必然，也是邏輯的必然。」

因此，他認為這是一幕悲劇，「象徵前一個世代知識分子無力又無望的悲劇命運」。就這樣，我們像「擲向藍空的酒瓶，落回椰林大道時，碎成滿地的星星」，而被沉澱到歷史領域裡去了。這的確是篇「洋溢著感情的飽和」而又「悲情有餘」的文章。也許他想說要說的，「把酒瓶擲向藍空」，是過去我寫《又來的時候》說的，祇是為了等待繫留在海外的朋友歸來，重溫椰林大道的舊夢。沒有想到現在卻變成我們沒落的象徵。不僅祇是我的朋友和我，還有我們生活過的那個世代其他的人。難道我們生活的那個世代，真的那麼貧乏與無用嗎？這的確是一個既屬於歷史，而且又現實的問題。不僅是我們那個世代的人該反省與檢討，也是生活在現代的人該思考與探索的問題。但這是一個很複雜又涵蓋很廣的問題，就不是我這個學過幾天歷史，可以虛托空言而放言高論的了。

祇是到現在，我還弄不透歷史的發展，是否真邏輯的必然性。如果歷史的發展真受到邏輯必然性的驅使。那麼不論「你們」和「我們」，都陷在一個無法擺脫的悲劇之中，所有的掙扎與呼喊真的變成無用和無助了。其實歷史就是那麼簡單，祇不過是你的足跡踏在我的足印上。頃刻之間，你的足跡又成為別人踐踏的足印。既然最後大家都共存在這個歷史領域之中，那麼，歷史就成了一個沒有「你們」和「我們」對立的和諧整體。所以，我們似乎不必抱怨前面的足印，把那片土地踩得太泥濘，祇看我們自己這一腳如何踏下，又留下多深的腳印而已。創造歷史的人豈僅知識分子。祇是古往今來的知識分子，都把自己的形象塗抹得太偉大了。總認為他們自己所說的，代表了萬人言。其實歷史是由許多不同的個人凝而成的。即使一個最卑微的個人，對他自己所享有的歷史與文化，也有他的貢獻。知識分子也不過是許多不同個人中的一分子，但我們的知識分子卻不那麼想——過去我一度也這麼想過，總認為自己該肩負千萬人的苦難，因而不勝負荷。也不想想，老是踏著嚴肅的步伐，高唱時代進行曲，難道不累嗎？

疾風驟雨，雖然激情，斜風細雨，也同樣可愛。所以，中國歷史裡留下了一則漁樵閒話。而且在塑造中國知識分子風格的儒家思想體系中，原本存在著兼善和獨善兩種不同的價值取向。內聖外王是積極的價值傾向，披髮佯狂是消極的價值取向。不論積極或消極都同樣受到尊重。而且對於不願服從的權威，保持某種程度的疏離，並不是可恥的逃避。「不糊塗齋」主人責備那漢子：「對一個劍客，賣劍就是賣身，對於一個志士，退隱就是變節。」似乎言重了，觀點和角度的不同，當然不會得到相同的結論。如果所有的結論是一樣，不是很單調嗎？

於是，我再翻閱一連串的《那漢子》，從賣劍、寄劍到當劍的轉變過程，發現他既不是一個志士，也不是一個劍客，祇是一個淪落江湖，獨來獨往的卑微的個人。直到最後他把劍當了，但卻沒有售於帝王家。既然是人，就得有個餬口的營生。當劍賣馬，開個小酒舖賣滷牛肉，也算不得退隱，祇不過是寄跡於市井之中，自逐於紛紜之外而已。

讀罷這份投書，使我有一個感覺，彷彿在一陣江湖廝殺之後，死傷累累，四野寂寂，殘陽默默。突然出現了一個衣帶飄然，玉樹臨風的白馬少年，揮劍向天，竟然找不到「試劍的對象」。因而有「日暮途窮，人間何世。馬鳴蕭蕭之中，誰來挑起日落後沉重的天空」的悲涼感嘆。當然這悲涼的感嘆，是可以理解的。祇是這江湖上險象環生，一旦陷身，就難以自拔了。

逯耀東作品

似是閒雲

逯耀東教授長年致力於歷史的教學與研究工作，並先後在《聯合》與《中時》副刊開闢專欄，從事寫作。本書輯錄了作者不同時期對於時事的感懷與慨歎。在青眼觀世之際，卻於心底浮現出一片閒雲，開始這喧囂的塵世展開無聲的對話；在深富情感的筆下，蘊含著傳統知識分子向來所堅持的歷史胸襟和人文關懷。

那年初一

逯耀東教授在六〇年代寫的〈又來的時候〉，最後一句「讓我們一齊把酒瓶擲向藍天」激起了多少青年人的豪情。後來他潛沉了。他在本書自序說：「雖然過去也曾對家事國事感慨一番，但都是些出自書生空議論的閒愁，既無補實際，又徒增喧囂，所以這些年連閒愁都沒有了。祇是避處一隅，默默活著。但避處與默默，並不是否定自己的存在。」本書記錄著他個人生活的點滴，欣喜悵惘，悲歡離合都融於其中。

出門訪古早

古人也愛吃，但他們吃什麼？文化的衝擊與改變是如何影響傳統小吃？街邊的美食經歷了哪些我們所不知道的變化？中國各地的吃有什麼不同？兩岸三地的飲食環境有哪些相異處？

本書以歷史的考證，文學的筆觸，帶領你吃遍大陸、臺灣與香港，探索過去半個世紀飲食文化，在社會迅速轉變中的衝擊與融合；引領你徜徉於經典文獻，從中尋覓失傳的古早飲食。

魏晉史學及其他

只有文化理想超越政治權威之時，史學才有一個蓬勃發展的空間，魏晉正是這樣的時代。魏晉不僅是個離亂的時代，同時也是中國第一次文化蛻變的時期，更是中國史學黃金時代。書中一系列魏晉史學的討論，雖然是作者研究魏晉史學的拾遺，卻也道出對這個時期史學探索的某些觀念。此外，關於魏晉時代的散論，以及對長城文化的探討，也是作者曾進行的研究工作。這些以文學筆觸寫成的歷史文章，常帶感情，讀來倍添溫情。

從平城到洛陽——拓跋魏文化轉變的歷程

討論近代以前的中國歷史，無可否認地，邊疆民族與漢民族以長城為基線，所發生的衝突與調和，對彼此的歷史與文化形成的激盪，是一個非常重要的問題。

逯耀東教授以拓跋魏進入長城建立的首都平城，與孝文帝遷都後的洛陽為基點，討論與分析拓跋魏進入長城後，近一個世紀文化變遷的歷程，見解精闢，體系自成。

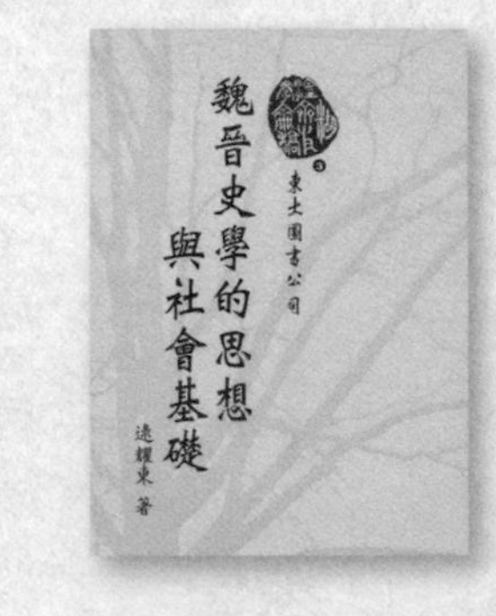

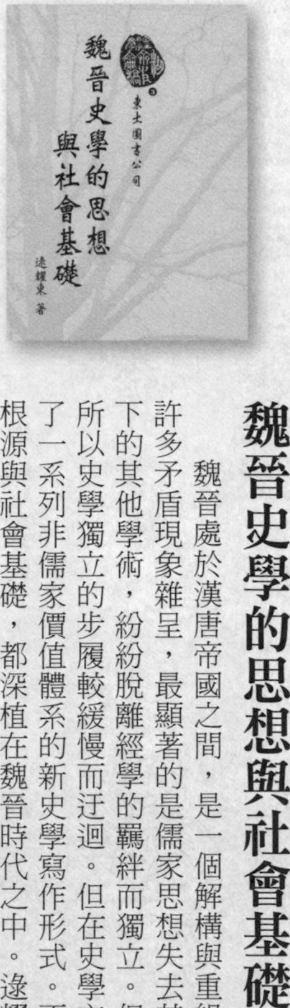

魏晉史學的思想與社會基礎

魏晉處於漢唐帝國之間，是一個解構與重組的時代。在解構與重組的過程中，許多矛盾現象雜呈，最顯著的是儒家思想失去其原有的權威地位，原來在經學籠罩下的其他學術，紛紛脫離經學的羈絆而獨立。但由於史學和經學的關係過於密切，所以史學獨立的步履較緩慢而迂迴。但在史學主流的編年和紀傳二體之外，卻出現了一系列非儒家價值體系的新史學寫作形式。不過，這許多新史學寫作形式的思想根源與社會基礎，都深植在魏晉時代之中。逯耀東教授以其治魏晉多年的經驗，結合中國傳統史學的發展與流變，對這個問題作較深層次的探討與分析。

抑鬱與超越——司馬遷與漢武帝時代

本書為逯耀東教授畢生研治《史記》之心血結晶。

逯教授透過對〈太史公自序〉與〈報任安書〉的深入解讀，以及尋繹史公在《史記》全書中的架構安排、篇章聯繫、撰寫方式及個別紀傳的背後深意，抽絲剝繭，描繪出司馬遷如何藉由《史記》的傳世，既抒發滿腔抑鬱，又完成自我超越的完整圖像。細讀本書，可以看出逯教授治史之深廣與精細。

胡適與當代史學家

本書主要討論胡適，並論及和胡適有關的當代史學家陳寅恪、陳垣、顧頡剛、傅斯年、羅爾綱、錢穆、沈剛伯、郭沫若等。雖然只是探討中國現代史學轉折的開始，但卻已為中國現代史學畫出了一個輪廓。

國家圖書館出版品預行編目資料

窗外有棵相思／逯耀東著.——三版一刷.——臺北市：東大，2022
面；　公分.——（逯耀東作品集）

ISBN 978-957-19-3316-0（平裝）

855　　111002699

逯耀東作品集

窗外有棵相思

作　者｜逯耀東
發行人｜劉仲傑
出版者｜東大圖書股份有限公司
地　址｜臺北市復興北路 386 號 (復北門市)
臺北市重慶南路一段 61 號 (重南門市)
電　話｜(02)25006600
網　址｜三民網路書店 https://www.sanmin.com.tw

出版日期｜初版一刷 1998 年 6 月
二版一刷 2013 年 7 月
三版一刷 2022 年 4 月
書籍編號｜E854380
ISBN｜978-957-19-3316-0

東大圖書公司